Cena
con un
perfecto
desconocido

Cena
con un
perfecto
desconocido

Una invitación de Jesús de Nazaret

David Gregory

VINTAGE ESPAÑOL

UNA DIVISIÓN DE RANDOM HOUSE, INC.

NUEVA YORK

Para Rick y Denise,
quienes hicieron posible este libro

Agradecimientos

Doy las gracias a Howard Hendricks, Reg Grant, Scott Horrell, Sandi Glahn y Mike Moore por haberme dado la inspiración para atreverme a hacer algo fuera de lo habitual.

A todos aquellos que me han brindado sus opiniones sobre el manuscrito, los lectores les dan las gracias (espero). Y yo también se las doy. Mi agradecimiento especial para Rex Pukerson y Mallory Dubuclet por sus extraordinarios aportes, y para Bruce Nygren por haber encaminado este proyecto hasta su fin.

En la difícil época de edición de un manuscrito, todo escritor necesita que lo estimulen enormemente para poder alcanzar las etapas finales. Papá, tú me diste ese estímulo.

Finalmente, a mi esposa, Ava, por toda tu ayuda al darme ideas y en la edición, por tu paciencia y por tu contagioso entusiasmo en relación con este libro. Eres una compañera maravillosa y, además, una perspicaz editora.

Cena
con un
perfecto
desconocido

La invitación

No DEBÍ HABER respondido. Mi agenda personal estaba ya demasiado llena como para aceptar invitaciones anónimas para cenar con líderes religiosos. Sobre todo líderes muertos.

La invitación llegó a mi trabajo entre una pila de solicitudes para tarjetas de crédito y correspondencia inútil de asociaciones profesionales:

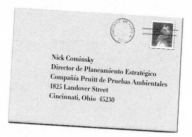

Nick Cominsky
Director de Planeamiento Estratégico
Compañía Pruitt de Pruebas Ambientales
1825 Landover Street
Cincinnati, Ohio 45230

Estaba impresa en papel Crane beige y venía en un sobre del mismo color. Sin remitente. Ni tampoco un teléfono donde confirmar la cita.

Estás invitado

a una cena

con

Jesús de Nazaret

❦

Restaurante Milano's

Martes, 24 de marzo • 8 p.m.

Al principio pensé que la iglesia que estaba en la esquina de mi casa estaba llevando a cabo otra de sus campañas de "acercamiento". Se nos habían acercado más de una vez. El volante que enviaban por correo estaba esperándonos en cuanto Mattie, mi esposa, y yo nos mudamos aquí desde Chicago hace tres años. Empezó a llegarnos un torrente interminable de lo que algún empleado de la iglesia consideraba material de promoción. De hecho, comencé a esperar los volantes con cierto interés, sólo por lo divertidos que me parecían los títulos de los sermones:

"Los Diez Mandamientos, no las Diez Sugerencias"
"Si Dios parece lejano, ¿adivina quién se mudó?"
"Aeróbicos espirituales para el maratón hacia el cielo"

¿Pensaban atraer a alguien con esos títulos, o sólo conseguir que el vecindario los despreciara?

Luego vinieron los eventos: la invitación de la liga de bolos de la iglesia, la competencia para cocinar espaguetis, el retiro de fin de semana para matrimonios, la invitación para el torneo de golf estilo "scramble". En un momento de locura cedí y fui al golf estilo "scramble". Agonía absoluta es la única forma de describir aquello. Estacionarme en el campo de golf detrás de un tipo cuyo auto tenía una calcomanía que decía "Mi jefe es un carpintero judío" fue un ejemplo de lo que vendría después. Resultó que caí en su mismo equipo de cuatro personas. El tipo tenía una sonrisa perpetua, como si alguien lo hubiese golpeado con un ladrillo y el cirujano plástico lo hubiese remendado en un día. En cuanto a los otros dos, uno de ellos golpeó bien en los primeros nueve hoyos, pero falló por completo en los últimos y empezó a maldecir cada vez que daba un golpe. Me enteré de que era el jefe de la junta de diáconos. El otro jamás pronunció palabra, excepto para llevar la cuenta de nuestros tantos. Debe haber sido el jefe del comité de bienvenida. Esa fue la última invitación de la iglesia que acepté.

Así que, si fue la iglesia la que había tramado eso, de ninguna manera yo iba a ir a esta falsa cena. Pero mientras más lo pensaba, más seguro estaba de que era otra persona quien había enviado la invitación. Por un lado, ¿cómo iba la iglesia a tener mi dirección laboral? Eran persistentes, pero no precisamente ingeniosos. Por otro, este no era el estilo de la iglesia. La competencia de espaguetis era algo más característico de ellos que Milano's, un restaurante italiano de primera clase. Además, jamás enviarían una invitación anónima. Si había algo que querían que supieras, era que *su* iglesia estaba patrocinando el evento.

Aquello me llenó de incertidumbre. ¿Quién me habría enviado una invitación tan extraña? Llamé al restaurante, pero dijeron que no sabían nada de ese asunto. Por supuesto, el personal podría haberse puesto de acuerdo para hacerse los tontos, así que eso no significaba nada. Cincinnati tiene muchas otras iglesias, pero yo había logrado evitar todo contacto con ellas. Aunque nuestros amigos Dave y Paula iban a la Iglesia de la Trinidad, ellos no me invitarían a algo así sin Mattie.

Quedaba un grupo lógico de culpables: los muchachos del trabajo.

Les y Bill, sobre todo, siempre estaban organizando alguna locura, como mi despedida de soltero en una funeraria local y mi fiesta de futuro papá (afortunadamente no invitaron a Mattie; nunca he visto a nadie ponerse tan vulgar para celebrar el nacimiento de un bebé). Es cierto que ni a ellos se les hubiera ocurrido una invitación tan extraña como ésta. No eran tan tontos como para enviarme la invitación al trabajo. Era demasiado obvio. Pero si ése era el caso, habían hecho un buen trabajo: un sobre y una impresión elegante, una celebración estrafalaria, un restaurante de calidad.

Decidí seguirles la corriente y nunca mencioné la invitación. Y durante tres semanas enteras ellos tampoco se dieron por aludidos, y no dejaron entrever ni siquiera una ligera sonrisita. A medida que se acercaba el 24, mis expectativas iban en aumento y me preguntaba qué habrían urdido sus fértiles imaginaciones en esta ocasión.

Sólo una cosa se interponía entre la cena y yo: Mattie. Tres semanas de 70 horas de trabajo ya me habían puesto en una situación difícil con ella, quien se irritaba incluso con mi horario habitual de 60 horas. No se me ocurría cómo justificar una salida de noche con los amigos en la que ella se quedaría otra vez sola en casa con Sara, nuestra hija.

Admito que no es fácil cuidar a un bebé de 20 meses todo el día sola, y luego toda la noche también. Y ni decir que Mattie tenía un negocio de gráficas que dirigía desde casa. Si hubiésemos permanecido en Chicago, una de nuestras madres la habría ayudado con Sara. Bueno, al menos la de ella. Mi madre habría chillado de felicidad ante la oportunidad de tener a la bebé, pero quedarse en su casa con demasiada frecuencia quizás habría convertido a Sara en alguien... como yo. Confiaba en que las 300 millas entre Cincinnati y Chicago librarían a mi hija lo suficiente de ese destino.

Cuando se mudó a Chicago y se casó conmigo, Mattie sabía que yo iba a trabajar muchas horas. No se puede tener un empleo como el mío e irse del trabajo a las cinco de la tarde. No puedo imaginarme saludando con la mano a Jim, mi jefe, al pasar por su oficina mientras me marcho. "Lo siento, viejo, tengo que irme otra vez. Mattie me necesita en casa a las cinco y media para cortar los vegetales de Sara". Luego de unas cuantas salidas a las cinco, Jim iba a insistir en que me quedara en casa como niñera a tiempo completo.

Ahora puedo ver mi currículo:

Educación

Licenciatura en Ciencias, Universidad del Norte de Illinois, 1996

Maestría en Administración de Negocios, Universidad del Noroeste, 2001

Historia Laboral

Químico Investigativo, Laboratorios Abbott, 1996-2000

Analista de Planeamiento Empresarial, Laboratorios Abbott, 2000-2002

Director de Planeamiento Estratégico, Compañía Pruitt de Pruebas Ambientales, 2002-2004

Niñero, 2004 al presente

Parecía preferible mantener mi empleo actual, a pesar de los peligros que presentaba. La verdad era que, entre el montón de papeles encima de mi escritorio del trabajo y el constante disgusto de Mattie en casa, me atraía la idea de escaparme de ambos por una noche. Sólo me preguntaba si Milano's sabía en lo que se estaba metiendo con las bromas pesadas de Les y Bill.

Sin embargo, no me preocupaban los problemas del restaurante cuando me acercaba a su estacionamiento. Los gritos de Mattie en el celular, "¡Nick, si fuera por lo que me ayudas, más me valdría ser una madre soltera...!", fueron las últimas palabras que escuché cuando me dirigía hacia el restaurante antes de que la estática me salvara. Eso fue suficiente. Nunca había considerado cómo justificar mis planes para esa noche. Pensando ahora en eso, debí de haber informado a Mattie con más de 20 minutos de anticipación.

Poner a todo volumen la música rock mientras iba a toda velocidad por Anderson Ferry no eliminó por completo mi sentimiento de culpa, pero sí lo acalló bastante. Entré con el Explorer en el estacionamiento, apagué el motor y tomé una vez más la invitación, esperando que me sugiriera qué esperar esa noche. No lo hizo. De pronto, no encontré en aquella cena nada que valiera la indiferencia con que Mattie iba a tratarme más tarde.

Pero ya estaba aquí. Y si todo el evento iba a resultar un fracaso, podría quedar bien con Mattie si me iba temprano. Llegar a la casa antes de lo esperado por lo menos una vez al mes parecía comprarme un poco de perdón. Luego de las últimas tres semanas, necesitaba un poco... y lo necesitaba urgentemente.

Preparado con mi plan de emergencia, atravesé el estacionamiento, crucé el umbral y eché una mirada a la veintena de mesas. No había nadie con melena larga y túnica flotante. Ni tampoco compañeros del trabajo.

2

La mesa

¿CENA PARA UNO, caballero? —La llegada del jefe del comedor desde detrás del bar de vinos destruyó mi alternativa de escaparme antes de que alguien notara mi presencia.

—¿Señor? ¿Cena para uno?

—No, yo... se supone que debo encontrarme con alguien. Soy Nick Cominsky...

—Ah, señor Cominsky. Venga por aquí.

Tomó un menú y me condujo más allá de la celosía de madera que bordeaba el único comedor. El sitio no había cambiado desde que yo había traído a Mattie el Día de los Enamorados, dos años atrás. Cada una de las mesas estaba cubierta por dos manteles, uno blanco y uno rojo cuyo reborde se veía por debajo del otro. Grandes espejos daban la impresión de que había un comedor a un lado. Las ventanas, en dos lados del salón, tenían vista hacia el río Ohio. Podía ver cómo las luces del lado de Kentucky se reflejaban en el agua. La corriente ofrecía una agradable música de fondo, como esos discos compactos con sonidos del mar que puedes comprar para ayudarte a conciliar el sueño. Desafortunadamente, una tonta canción de Andrea Bocelli que a Mattie le encantaba hacía casi inaudible el sonido del río.

Parecía que los martes iban pocos comensales a Milano's. Sólo había cuatro mesas ocupadas. Aspiré el olor del pan tostado al pasar junto a un grupo de seis personas mayores que reían en una mesa del frente. Una pareja de veinte-añeros en la esquina de la extrema derecha estaba tomada de la mano, y ambos se miraban arrobados, sin que él se diera cuenta de que tenía la manga de la camisa metida en su plato de ravioles. En medio del salón, dos mujeres con unas cuantas libras de más se reían como chiquillas, mien-tras la emprendían contra una monstruosa torta de choco-late. Y en la esquina extrema de la izquierda, un hombre de unos treinta años, con traje profesional azul, estaba sentado solo, leyendo detenidamente el menú.

El jefe del comedor me llevó hasta él. El hombre se le-vantó de su silla, me dio la mano y apretó firmemente la mía.

—Nick Cominsky —dijo—. Jesús.

Al recordar ese momento, pienso que había mil repues-tas posibles... "¡Jesús H. Cristo! ¡Qué bueno conocerte al fin!"... "¿Dónde están los otros 12 de tu grupo?"... "No sabía que te habían enterrado con el traje puesto".

Lo absurdo de la escena, sin embargo, me dejó sin habla. ¿Qué puedes decir ante eso? El hombre y yo seguimos dán-donos las manos un poco más de lo necesario, hasta que yo pronuncié un débil "Ajá". Me soltó la mano y volvió a sentarse. Mi mirada tropezó con la del jefe del comedor. Desvió rápidamente la vista y quitó la servilleta de mi plato, indicándome que me sentara. Me puso la servilleta sobre las piernas, me entregó el menú y, con un "que disfruten su cena", me dejó solo con...

—Gracias por reunirte conmigo —comenzó el hombre—. Este no era probablemente el momento más conveniente para ti, en medio de la semana.

Nos miramos fijamente. Bueno, yo lo miré fijamente. Él volvió a examinar su menú. Tenía talla promedio y era un poco más bajo que yo, tal vez de cinco pies diez pulgadas de estatura. Su piel era olivácea, su pelo oscuro y crespo, pelado corto y peinado hacia adelante. Sus espesas cejas (*Mattie me las habría hecho recortar*, pensé) cubrían las profundas cuencas de unos ojos pardos tan oscuros que no podías distinguir dónde terminaba el iris y dónde comenzaba la pupila. Su fina nariz y sus labios delgados iban de acuerdo con una barbilla ligeramente huidiza, como si esta supiera que no podía competir con las cejas de arriba. No era un tipo como para la cubierta de una revista de moda masculina, pero sin duda que pasaba más tiempo que yo en el gimnasio. Su traje no era un Armani, pero tampoco venía de un almacén de descuentos.

Levantó la vista y me sorprendió examinándolo, pero no pareció molestarse en lo más mínimo. Como mis ojos me dieron pocas pistas acerca de qué se trataba todo este asunto, decidí probar con los oídos.

—Perdón, pero, ¿se supone que yo te conozca?

—Esa es una buena pregunta —dijo sonriendo, como consigo mismo—. Yo diría que la respuesta es "sí".

—Lo siento, pero no recuerdo que nos hayamos conocido.

—Eso es cierto.

Miré alrededor del salón, esperando que los muchachos salieran de repente de atrás de la celosía, o quizás del baño de los hombres. Pero no había nadie escondido tras la celosía. Y en cuanto al baño de los hombres... Volví mi atención hacia el hombre que estaba frente a mí.

—Dime de nuevo. Eres...

—Jesús. Mi familia me llama Yeshua.

—Tu familia, de...

—Nazaret.

—Por supuesto.

—Bueno, me crié ahí. No nací ahí.

—No, claro que no. Eso habría sido en...

—Belén. Pero no nos quedamos mucho tiempo antes de partir hacia Egipto.

Eso era todo lo que yo tenía que oír. Este tipo estaba loco. Sin decir palabra, me levanté, caminé de vuelta hacia la celosía, giré a la derecha y entré al baño. Aparte del Señor Ravioles, que estaba enjuagándose la manga, no había nadie más. Salí y por un momento consideré entreabrir la puerta del baño de las mujeres, pero deseché la idea al pensar que me estaba adelantando a los hechos. Giré a la izquierda y atisbé hacia la cocina a través de la ventana circular. Nada. Hice una pausa, recorrí todo el restaurante con la mirada y, decidiendo que esto necesitaba una acción más directa, regresé a la mesa.

—Mira —le dije, sentándome al borde de la silla—, tengo mejores cosas que hacer esta noche que tener una cena misteriosa con... ¿Quién eres, realmente, y qué está pasando aquí?

Sin quererlo, mi pregunta tenía un tono cortante. Después de todo, el tipo no me había hecho nada, excepto encontrarse conmigo para cenar.

—Sé que esto no es lo que esperabas. Pero creo que si le das una oportunidad a esta noche, descubrirás su importancia.

—¡Por supuesto! —repliqué—. ¿A quién no va a parecerle importante una cena con Jesús? La semana pasada cené con Napoleón. Y la anterior con Sócrates. ¡Pero Jesús! ¡Muchas gracias por el largo viaje desde la Tierra Santa! —Me di cuenta de que estaba hablando más alto de la cuenta. Las dos mujeres se habían vuelto hacia nosotros.

Él seguía sentado en silencio.

—Mira —me levanté de nuevo de mi silla—, tengo que irme a casa para ver a mi esposa y a mi hija. Gracias por la invitación. —Le extendí la mano en un gesto conciliador.

—Mattie fue al cine con Jill —me dijo sin pestañar—. Y llamó a Rebecca para que cuidara a Sara.

Perfecto. Al fin unas cuantas piezas comenzaban a caer

en su sitio. Él conocía a mi mujer. Conocía a Jill Conklin, la esposa de Chris, mi mejor amigo. Conocía a Rebecca, quien cuidaba regularmente a nuestra hija. Sabía que Mattie y Jill habían ido al cine. Volví a sentarme.

—¿Chris te metió en esto? —No podía imaginarme cómo Chris iba a estar involucrado; era algo demasiado extraño para él.

—No, no lo hizo.

Regresé a mis sospechosos del principio.

—¿Eres amigo de Bill Grier y Les Kassler?

Puso a un lado su menú y se inclinó hacia mí.

—Escucha. Si te quedas para la cena, al final te prometo decirte quién arregló esto.

La última vez que Bill y Les habían hecho algo así, yo acabé con unas botas de cemento falso en los pies y lanzado a una piscina durante Halloween. Por suerte, una piscina con calefacción. Ahora estaba cenando con un individuo que decía ser Jesús.

El mesero interrumpió mi pensamiento para dirigirse al hombre frente a mí.

—¿Ha seleccionado su vino, caballero?

—Creo que voy a dejar que mi amigo decida —respondió, volviéndose hacia mí—. ¿Quisieras tomar vino?

—¿Quién paga?

—Yo pago.

—Está bien —contesté—, por supuesto.

Abrí la lista de vinos y miré alrededor de treinta ofertas,

ninguna de las cuales reconocí. Me sentí tentado a pedir el vino más caro de la lista, pero en vez de eso señalé uno blanco de precio moderado.

—Tomaremos el Kalike.

Le di la lista de vinos al mesero. Él volvió a mirar a mi anfitrión, quien asintió ligeramente.

—El Vermentino di Gallura-Kalike '98 —me confirmó el mesero. Al irse pasó junto a uno de sus ayudantes que venía con una jarra de agua. El ayudante llenó mi vaso primero, y luego el del otro hombre, quien le dijo:

—Gracias, Carlo.

Tomamos nuestros vasos de agua y bebimos un trago. Tuve que admitir que este tipo lo hacía bien. ¿Dónde encontraron a alguien dispuesto a hacer el papel de Jesús por una noche? Y de una manera tan natural, como si fuera una persona cualquiera. Esta vez mis colegas lo habían hecho mejor que nunca. Pero, ¿por qué? ¿Qué objetivo tenía todo esto? Les y Bill no eran muy religiosos. Bill iba a misa en Navidad y en Semana Santa, cuando su esposa lo arrastraba a la iglesia. En cuanto a Les, su único culto era el del club campestre Western Hills.

Al echar una ojeada a los enamorados de la mesa de atrás, el espejo me llamó la atención. ¿Sería posible que el restaurante tuviera un espejo desde cuya parte trasera se pudiera mirar hacia el salón? Eso parecía un poco traído por los pelos, pero no lo era más que lo que ya había sucedido esa noche.

Nuestro mesero llegó por detrás de mí con una botella de vino, la abrió y puso el corcho sobre la mesa para que yo lo tomara; lo hice y lo olí ligeramente.

—Huele bien. —Levanté la vista hacia él y noté una leve expresión de fastidio en su mirada.

Vertió un poco en mi copa y me la dio a probar. Con frecuencia Mattie y yo bebíamos vino en casa, pero no de esta calidad.

—Muy bueno.

Llenó mi copa, hizo lo mismo con la otra y dejó la botella sobre la mesa, lo que dio lugar esta vez a un "Gracias, Eduardo". *¿Lo llama por su nombre a todos los meseros? Debe venir aquí todas las semanas.*

Me sentí tentado a preguntárselo, pero ya me había decidido por una estrategia diferente. Me recosté en la silla y me dirigí a "Jesús", sin mi acostumbrada sonrisa sarcástica.

—Así que tu familia te llama Yeshua...

—La mayoría. Santiago me llamaba otras cosas.

—Bueno, Yesh... ¿Te importa si te llamo Yesh?

—Como quieras.

—Pues entonces, Yesh. Dime —levanté mi copa—, ¿puedes convertir este vino nuevamente en agua?

3

El menú

No hay problema —contestó. Se volvió y llamó con un gesto al mesero, quien vino a la mesa—. Mi amigo quisiera otro vaso de agua en lugar de este vino.

Con un "Por supuesto, caballero", el mesero se llevó mi copa y se fue a buscar el agua.

—Qué gracioso —murmuré antes de llamar al mesero—. Creo que voy a quedarme con el vino.

—Muy bien, caballero —dijo y volvió a colocar el vino sobre la mesa.

—Gracias, Eduardo —dijo mi anfitrión—. Perdona haberte molestado.

Eduardo se marchó. Abrí mi menú y me absorbí brevemente en él. La conversación en la mesa no era estimulante, pero sí lo era la calidad de la comida. Los comensales seleccionaban una cena de cuatro platos: aperitivo, ensalada, plato fuerte y, al final, postre. Puse la mitad de mi atención en lo que pedí y la otra mitad en cuestionarme qué estaba yo haciendo aquí todavía. Mi rugiente estómago contestó esa pregunta; me había pasado la hora del almuerzo trabajando.

—¿Qué piensas?

Bajé el menú lo suficiente como para mirar a hurtadillas por encima.

—Pienso que estoy loco por no haberme marchado cuando tuve la oportunidad.

—Respecto a tu orden.

La última vez que vinimos Mattie pidió algo realmente sabroso. ¿Qué era?

—Ternera —respondí finalmente. Dejé caer el menú de golpe sobre la mesa, enfatizando uno de mis logros de la noche hasta ese momento: decidir qué iba a comer.

—Yo voy a pedir salmón.

—¿Es viernes hoy? —Sus labios se curvaron con una ligera sonrisa.

—Te quedó bien eso —dijo. Colocó su menú sobre la mesa y el mesero apareció inmediatamente.

—¿Listo para ordenar, caballero? —me preguntó.

—Sí. Déme los champiñones rellenos, la ensalada mediterránea y la fantarella de ternera.

—Muy bien —se volvió hacia mi compañero de cena—. ¿Y usted, caballero?

—Quisiera la sopa de tomate y alcachofa, la ensalada de tortellini y el filete de salmón por favor.

Bastante mejor que su habitual pan y vino, a decir verdad.

Mientras el mesero se alejaba con nuestros menús, "Jesús" se recostó en su silla, bebió un sorbo de vino e intentó por primera vez iniciar una verdadera conversación.

—Cuéntame acerca de tu familia.

—Pensé que ya lo sabrías todo —dije, evadiendo la pregunta—. Sabías cómo era Judas, pero, si me permites decirlo, no te sirvió de mucho.

Tal vez dio por hecho que yo no sabía mucho de religión o de la Biblia, pero yo sí había estudiado el catecismo en la parroquia de la iglesia cuando era niño. Por supuesto que había odiado cada minuto. Mamá, después que logró que Papá se fuera, nos llevaba a Ellen, a Chelle y a mí a la iglesia. Nos decía: "Para cambiar, necesitamos una buena influencia."

Stacy, que ya tenía 16 años, se negaba a ir. Yo también debía haberme negado, pero los chicos de diez años tienen poco poder.

Así que fui. Las lecciones servían de música de fondo a las verdaderas actividades de pasarse papelitos, tirarle escupitajos a las niñas y robar de la bandeja de recaudación "juvenil". Los maestros eran, en su mayoría, intrascendentes: unos cuantos hombres de sonrisa falsa, tratando de parecer como si realmente quisieran estar ahí, y mujeres que creían que los chicos varones realmente disfrutaban las historias bíblicas en la pizarra de franela adhesiva.

La señora Willard era un clásico. Su cantaleta era "ama al prójimo como a ti mismo". Pero en cuanto alguien tan sólo movía una ceja, lo agarraba por la oreja, lo arrastraba hasta el frente de la clase y lo hacía escribir cien veces "haré a los demás lo mismo que yo quisiera que los demás me hicieran a mí". Quizás era eso lo que quería que los demás le hicieran a ella.

Los ejemplos de la iglesia no me enseñaron mucho, pero sí se me quedaron unas cuantas historias de la Biblia: el Buen Samaritano, el Mal Samaritano, el Mediocre Samaritano. Había aprendido lo suficiente como para lidiar con este tipo durante un rato.

—¿Por qué no me complaces? —respondió, haciendo caso omiso de mi referencia a Judas—. ¿De dónde es tu familia?

Yo no iba a dejarlo salirse del apuro tan fácilmente. Después de todo, era él quien afirmaba ser Jesús. Ahora tenía que hacer del personaje.

—Estoy mucho más interesado en tu familia, Yesh —sentí que una sonrisa burlona se apoderaba de mi rostro—. Cuéntame un poco de José y de María.

Se apresuró a contarme.

—Crecer en Nazaret no fue como crecer en Chicago. No íbamos a comprar perros calientes de un pie de largo ni caramelos de palomitas de maíz y nueces en Wrigley.

—¿De verdad? —respondí sarcásticamente. Lo que no dije fue *Qué curioso que haya escogido Chicago, y el estadio Wrigley Field, donde Papá y yo íbamos todos los sábados.* Continuó.

—José era un buen padre. Tenía que trabajar mucho,

pero entonces no era como es hoy. En su taller al lado de la casa el ritmo era muy tranquilo. José sólo se apuraba cuando me oía venir. Siempre trataba de finalizar un proyecto antes de que yo pudiera echarle mano.

Se puso la mano en la barbilla, miró a lo lejos y se rió.

—En esa época yo no me daba cuenta de cuántas piezas yo le destruía. Él estaba haciendo una mesa o algo así, y yo quería ayudar. De más está decir que a los ocho años yo no era lo que se dice un maestro carpintero. Él tenía que volver atrás y rehacer desde el principio algunas de las piezas en las que yo había "ayudado". Algunas otras las usaba así mismo. Algunos vecinos aceptaban amablemente objetos que tenían mi marca original.

La mitad de mí escuchaba su perorata; la otra, lo analizaba. Mis amigos debían de haber contratado a un actor profesional para este papel. Hasta hablaba como si se hubiera criado en Nazaret. El tipo era bueno.

Iba a preguntarle acerca de María, cuando se apareció el mesero con una hogaza de pan caliente y una pastita de espinacas. "Jesús" tomó el cuchillo del pan, cortó una rebanada y me ofreció la tabla donde estaba.

—¿Un pedazo de pan?

Tomé la rebanada y le unté un poco de pasta antes de seguir con la historia familiar.

—Así que José era un tipo normal. Y María... debe haber sido difícil criarse con una madre tan venerada.

Se sonrió a medias, no sé si ligeramente divertido o ligeramente molesto.

—No era nada venerada. Cuando yo era joven, ella era más bien una mujer condenada por la sociedad. Tener un hijo antes de la boda no estaba...

—De acuerdo con la ley hebrea —interrumpí, tratando de meterme en el espíritu judío.

Él hizo una pausa.

—No era algo aceptado.

—En todas las pinturas parece que María siempre estaba viendo ángeles o dándote el pecho o bajándote de la cruz. ¿Hizo otra cosa entretanto?

Me imagino que la pregunta era bastante atrevida. Pero yo tenía que hacer algo para sacar a este tipo de su actuación. Se comportaba demasiado natural. Pero ni siquiera eso lo perturbó. Sencillamente, tomó otro trozo de pan y siguió hablando.

—Tuve una madre maravillosa. La mantenía su fe... y su sentido del humor. Jamás me permitió olvidar el comentario que yo hice de niño acerca de que tenía que ocuparme de los asuntos de mi Padre. Alguien venía a buscarme a la casa y ella le decía, "No sé dónde está. Ocupándose de los asuntos de su Padre". Mientras más yo crecía, más me repetía ella, "¿Crees que los asuntos de tu Padre incluyen encontrar una chica y formar una familia?"

Una sonrisa cruzó su rostro mientras hablaba. Se detuvo, y entonces se tornó más serio.

—Cuando por fin empecé a predicar, fue difícil para ella ver que un día adoraban a su hijo y al otro lo convertían en un demonio. Para ella fue más duro de lo que se imaginó.

Tal vez debía haber ido al programa de Dr. Phil, el sicólogo de la televisión. Probablemente la habría ayudado. Ya me estaba cansando un poco esta charla.

—Mira, no me has dicho nada que cualquiera con una Biblia y un poco de imaginación no hubiese podido inventar. Vas a tener que decirme algo mejor que estas tontas historias de José y María.

—¿Para hacer qué? —preguntó.

Era una buena pregunta. ¿Qué era exactamente lo que yo esperaba de un tipo que pretendía ser Jesús? Posiblemente algo un poco más interesante. Larry King dijo una vez que de todas las personalidades de la historia, quien más le gustaría haber entrevistado sería a Jesús. Conversar con Jesús (o inclusive con este embaucador) debería haber sido más fascinante que esto. Seguramente que este individuo tenía planeado algo que no fuera volver a repetir historias viejas de la Biblia.

Su voz me trajo de nuevo a la conversación.

—No creo que haya muchas cosas que yo pueda decir que te convenzan de que soy Jesús.

—Bueno, eso sí que es verdad.

—Tengo una sugerencia. ¿Por qué no dejas a un lado tu incredulidad durante un rato y actúas como si yo fuera Jesús? Seguramente que si Jesús estuviera aquí, tendrías algunas preguntas que hacerle.

No era mala idea. Mis intentos de descubrir su verdadera identidad no estaban teniendo resultado. Pero la sugerencia podría resultar interesante. Suponiendo que este tipo estuviera bien preparado, esta podría ser la mejor discusión filosófica que yo hubiese tenido desde... ¿los días en que estaba en la Universidad del Norte de Illinois? De hecho, en esa época solíamos hablar acerca de Kant y Kierkegaard, y hasta de Feynman. Ahora lo más parecido a eso que yo hacía era leer, a instancias de Mattie, esos ridículos libros de instrucciones para padres.

—Está bien —repliqué—. Te tengo una. El otro día pasé por la iglesia cerca de mi casa y tenían un cartel que decía: "Nadie llega al Padre si no es a través de mí; firmado, Jesús". Si de verdad dijiste eso, creo que estás hablando basura.

4

El aperitivo

Su sopa de tomate y alcachofa, caballero.

Di un respingo. La llegada del mesero había arruinado por completo mi plan. Yo había acabado de propinar mi primer golpe, tenía a este farsante en retirada, cuando la interrupción le dio tiempo de reagrupar fuerzas. Sirvieron primero su plato. Luego, Eduardo dio la vuelta y colocó otro frente a mí.

—Sus champiñones rellenos.

Miré hacia el otro lado de la mesa hacia donde "Jesús" estaba sentado, sin intención de echar mano a sus utensilios. *Qué bien. ¿Qué piensa hacer ahora? ¿Pedirme que bendiga la mesa?*

—Por lo general antes de las comidas digo unas breves palabras de agradecimiento. ¿Te importa?

"Me da lo mismo", fue la respuesta que hubiera preferido dar, pero lo que me salió fue:

—No, en absoluto.

Alzó la cabeza hacia el techo, sin cerrar los ojos. No pude evitar seguir su mirada, preguntándome si ahí había algo de lo que yo no me había dado cuenta. No había nada.

—Padre, gracias por proveernos siempre a nosotros, a quienes amas.

Bajó la cabeza, tomó una cuchara y la sumergió en la sopa.

—¿Eso es todo? —pregunté.

—¿Quisieras decir algo más?

—No. No, creo que con eso está bien.

Agarré un tenedor y pinché uno de los champiñones.

Seguimos sentados en silencio un poco más mientras comíamos los aperitivos. Yo trataba de dilucidar cómo regresar a mi pregunta, cuando mi anfitrión me resolvió el problema.

—¿Por qué crees que estoy equivocado? —me preguntó.

—Porque hay tantas personas en todo el mundo que creen en cosas diferentes y adoran a Dios de formas distintas, pero Jesús aseguraba que la suya era la única manera correcta de hacerlo.

—¿Y te cuesta mucho trabajo creer eso?

—Muchísimo. ¿Quién dice que la manera de Jesús era mejor que la de Mahoma, o la de Buda, o la de Confucio o...? Bueno, en el hinduismo no había un individuo en específico.

¿Se habría dado cuenta de que yo sabía qué religiones tenían un fundador y cuáles no?

—¿Crees que el hinduismo es genuino? —me preguntó.

—No lo sé. Mis amigos Dave y Paula están un poco

involucrados con el hinduismo y parece que a ellos les funciona.

Tomó otro pedazo de pan y le untó un poco de pasta de espinaca.

—No te pregunté si tú creías que funcionaba. Te pregunté si tú creías que era genuino.

—Bueno, a ellos les resulta genuino.

Le dio un mordisco al pan y parecía que estaba considerando cómo responder.

—Antes de Copérnico la mayoría de la gente creía que la tierra era plana. Eso era falso, pero funcionaba para ellos. ¿Por qué?

—Supongo que en esa época no importaba mucho. Antes de Colón, nunca habían viajado lo bastante lejos como para que eso constituyera un problema. Bueno, excepto los vikingos.

—¿Y qué habría sucedido si la humanidad hubiese tratado de ir a la Luna pensando que la tierra era plana?

—Quieres decir que...

—Lo que la gente creía, les funcionaba, hasta un punto, aunque no fuera verdad. Pero llegado un momento crucial, dejaba de funcionar.

—Y...

—Dime tú. Tú eres el que tiene un título de maestría.

—En negocios, no en filosofía.

—Tuviste que pensar un poco. —Tomó su cuchara.

No estaba seguro de cómo yo había perdido la ofensiva y estaba ahora jugando cerca de mi propia línea de gol, pero decidí seguir adelante con el intento. Además, admito que la conversación comenzaba a parecerme ligeramente fascinante.

—Lo que dices es que, incluso si una creencia parece que funciona para alguien, si es falsa, a la larga fallará.

El hombre se inclinó hacia mí.

—Y tú no deseas que aquello en lo que más confías sea incorrecto. —Hizo una breve pausa, y luego se lanzó hacia adelante—. Vamos a ver, tú eres un científico.

—Era.

—Y tomaste una clase de religiones comparadas en la Universidad del Norte de Illinois. ¿Qué piensas? ¿Cómo encaja el hinduismo con tu conocimiento del universo?

—¿Cómo sabes...? —comencé a responder. *Pero, ¿para qué? Parecía que el tipo había investigado detalladamente toda esta situación, incluso a mí. Espero que haya un límite a lo que ha descubierto.* Regresé a su pregunta—. Si mal no recuerdo, el hinduismo enseña que el universo es tan sólo una extensión de esta fuerza universal llamada...

—Brahma.

—Sí, Brahma, la esencia básica.

—Entonces Dios es el universo, y el universo es Dios.

—Correcto. No hay un creador independiente.

Se recostó en la silla.

—¿Y cuánto tiempo ha existido el universo?

—Bueno, algunos hindúes dirían que siempre ha existido. Brahma es eterno, y por lo tanto el universo es eterno.

—¿Cómo se combina eso con lo que tus astrónomos descubrieron el siglo pasado?

Medité un momento en eso.

—No muy bien —admití. Aunque en la universidad me encantaba la cosmología (me habría especializado en astronomía si hubiese podido ganar dinero con eso), nunca antes había explorado estas ideas—. Toda la evidencia apunta al hecho de que el universo tuvo un comienzo real en el tiempo, tal vez quince mil millones de años atrás.

—¿Y qué pasaría si esa cifra estuviera equivocada?

—De todos modos, el universo no puede ser eterno. La segunda ley de la termodinámica. En un sistema cerrado, a la larga todo decae. En un universo infinitamente viejo, no veríamos formarse nuevas estrellas ni galaxias. Todo habría decaído y ya no quedaría energía productiva. Unos cuantos, como Hoyle, trataron de afirmar la teoría del estado estable, según la cual el universo sería eterno, pero ya nadie la acepta.

"Jesús" se inclinó hacia mí y entrecruzó los dedos sobre la mesa.

—Entonces, si el hinduismo es genuino, ¿cómo se creó el universo?

—No lo sé —dije. Él sonrió.

—Tampoco yo lo sé.

Comimos un poco antes de que él hablara nuevamente.

—La descripción que hace el hinduismo de la realidad tiene otros problemas.

—¿Cómo cuáles?

—La moralidad, por ejemplo. Los humanos son seres sumamente morales. Todas las sociedades, hasta las primitivas, tienen códigos morales complejos, y parecidos.

—De acuerdo.

—Ahora, déjame preguntarte: ¿cuál es la fuente última de moralidad en el hinduismo? ¿Dice Brahma lo que está bien y lo que está mal?

Tomé un trozo de pan de mi plato y pensé en eso durante un segundo.

—No, Brahma es amoral. Con la fuerza universal, nada es absolutamente bueno ni absolutamente malo. Sencillamente, es.

—Entonces, ¿cuál es la base de la moralidad si la fuente de todas las cosas no es moral? ¿Qué es lo que hace a cualquier cosa inherentemente buena o mala?

—Supongo que nosotros lo hacemos.

—Pero tú eres una extensión de Brahma, que es amoral.

—No tuve respuesta para eso. Él continuó—. El hinduismo tiene un problema similar con la personalidad. Una de las cosas que las personas aprecian más sobre ellas mismas es su individualidad. Ella es parte de lo que significa ser humano. ¿Recuerdas lo que el hinduismo dice sobre eso?

—Sí. La personalidad es una ilusión. Tienes que renunciar a ella para poder alcanzar tu unidad con el universo.

—Entonces lo que más valoras de ti mismo es ilusorio. Un día serás reabsorbido en Brahma y perderás tu individualidad.

Tuve que admitir que eso nunca me había parecido muy atractivo.

—Si la personalidad es una ilusión, ¿por qué la gente es tan individual? —me preguntó—. ¿Cómo una fuerza universal impersonal produce personalidades tan únicas?

—Pero eso mismo puede decirse de todas las religiones orientales.

—Sí. Ese es el problema que tienen todas. El mundo no es como ellas lo describen. Ellas ofrecen una forma de comprender la vida, pero es una comprensión falsa. —Se echó hacia atrás y se pasó la servilleta por los labios—. ¿Qué recuerdas acerca del budismo?

El budismo fue siempre un poco más fácil de entender que el hinduismo. No es fácil olvidar las Cuatro Nobles Verdades y el Sendero de Ocho Vías. Yo no podía mencionarlos todos, pero sí recordaba el concepto básico.

—El budismo es una especie de hinduismo en cuanto a su visión básica del mundo —dije—. La realidad suprema es este... vacío abstracto llamado nirvana. Se llega al nirvana recorriendo un Sendero de Ocho Vías y apagando en ti todo apego o deseo. Una vez que hayas eliminado eso, terminan todos tus sufrimientos.

Tomó su copa y la sostuvo frente a él, observando el vino y escudriñándome a través del cristal con un rostro extrañamente desfigurado. Apartó la copa a un lado de su campo visual.

—Alguien fabricó bien esta copa. Quien la hizo estaba apegado a un sentido de artesanía de calidad.

—Probablemente.

—¿Cuánto han logrado los seres humanos sin poner en ello su pasión?

—No mucho —admití.

—Has estudiado bastante biología. ¿Cuántas células nerviosas sensoriales tenemos en la piel, capaces de producir placer?

—Millones.

—Entonces, de alguna manera, un universo impersonal ha tomado la forma de seres personales con fuertes deseos y la habilidad de sentir gran placer, y sin embargo la meta de la vida es negar todo deseo.

Depositó su copa sobre la mesa.

—Me parece que eso no tiene mucho sentido —dije, expresando lo que él quería decir.

—¿Crees que tal vez el sufrimiento fue tan grande en la India que Sidarta Gautama, el Buda, trató de encontrarle una explicación y desarrolló toda una creencia cuya meta es aliviar el sufrimiento?

La aparición del mesero a mi derecha me impidió dar una respuesta, o no dar ninguna.

—¿Terminó con sus champiñones, caballero?

Por un instante miré los dos que quedaban.

—Sí.

Su interrupción para retirar los platos llegó en el momento preciso. Si hubiéramos conversado más sobre las religiones orientales mi ignorancia habría salido a flote. De algo sí estaba seguro: yo no iba a enfrentar a este tipo en la edición de Religión del juego de Trivial Pursuit. Arriesgándome a meterme en camisa de once varas, yo quería ver qué tenía que decir acerca de algo más parecido al cristianismo.

—¿Y qué hay con el Islam? —le pregunté—. Quizás las religiones panteístas no se sostienen. Pero los musulmanes aseguran que adoran al Dios de la Biblia. ¿Quién dice que su versión es incorrecta y que Jesús estaba en lo cierto?

Tomó su vaso de agua y luego respondió:

—Eso depende de si Dios realmente le habló a Mahoma, ¿no es verdad? Eso sería darle demasiada importancia a lo que escribió una persona, sobre todo alguien que, después de haber oído, según cabe suponer, la voz de un ángel, no estaba seguro de si Dios le había hablado, tenía persistentes ataques de pensamientos suicidas, creó una masa de partidarios basándose, en parte, en sus conquistas militares, toleró el asesinato de sus enemigos y se casó con una niña de nueve años, entre otras cosas.

—¿Quién dice eso? Jamás he escuchado esas cosas, excepto la parte militar.

—Venerados escritos musulmanes. El *Sirat Rasul Allah*. Las colecciones Hadith de Bukhari, Muslim y Abu Dawud. La *Historia de al-Tabari*, entre otros.

Yo no tenía base ninguna sobre la cual discutir el asunto con él, de modo que regresé a su afirmación del principio.

—Pero podrías decir lo mismo acerca de la cristiandad, que gira alrededor de si Dios le habló a un individuo.

—No, la Biblia tiene más de cuarenta autores a lo largo

de un período de 1500 años, todos con un mensaje conse-
cuente. Eso apoya, no contradice, un origen divino.

—Aun así, ¿quién dice que Dios no le habló a Mahoma?

—Si Dios le habló, hubo cosas que Mahoma no entendió.

—¿Como qué?

—Mahoma escribió que nunca me crucificaron, que los
ángeles de Dios me rescataron y me llevaron directamente
al cielo.

—Quieres decir, a Jesús.

—Eso fue lo que dije.

Decidí no volver a encender el debate.

—Entonces tal vez Mahoma tenía razón.

—No, no la tenía —me dijo con una leve sonrisa.

—Oh, por supuesto. Me olvidé. Tú estabas ahí.

—Pero no tienes que preguntarme a mí —continuó, sin
prestar atención a mi comentario—. Mi crucifixión está
documentada históricamente, no sólo por los primeros
cristianos, sino también por historiadores no cristianos de
la época. Deséchala, y tendrás que desechar todo lo que se
sabe sobre historia antigua.

Realmente, no podía contradecirlo. Podrías debatir la
resurrección, pero la crucifixión de Jesús fue una realidad.
Estaba a punto de hacerle otra pregunta cuando él volvió a
hablar.

—El Islam enseña otras cosas que no son ciertas.

—¿Como cuáles?

—Que la Biblia ha sido alterada a través del tiempo, de

modo que lo que tenemos ahora es una versión sumamente corrompida en la que no se puede confiar.

—¿Y qué hay con eso?

—Que es falso. Cualquier erudito en ese campo te lo dirá. Los Manuscritos del Mar Muerto, entre otras cosas, prueban que la Biblia Hebrea es confiable. Y existen más de cinco mil manuscritos de los primeros tiempos que dan validez al Nuevo Testamento. Ahí tienes lo que los autores escribieron. Puedes hacer con eso lo que quieras, pero tienes lo que ellos escribieron.

Empujó su copa hacia adelante.

—Pero ese no es el mayor problema que tiene el Islam.

—Que es...

Miró alrededor del salón durante un segundo, buscando no sé qué. Volvió a mirarme nuevamente.

—¿Cuál es tu deseo más profundo?

¿De dónde venía esa pregunta?

—No creo que quiera ponerme a hablar de eso.

—Entonces, hablemos en términos generales. ¿Qué es lo que la gente más ansía en el fondo de sus corazones?

—¿Un aumento de sueldo? —bromeé. Bueno, lo dije medio en broma. Él no me contestó.

Lo pensé un rato, observando yo también a mi alrededor. El tipo de los ravioles y su chica seguían mirándose arrobados de un lado al otro de su mesa, que ya no tenía nada encima.

—Supongo que el mayor deseo de todo el mundo es ser querido.

Volví a mirar a mi anfitrión. Él se inclinó hacia adelante y dijo con voz suave:

—No quiero meterme en asuntos demasiado personales, Nick. Pero, en tu propia vida, ¿alguien ha satisfecho alguna vez tu necesidad de amor?

Se está poniendo demasiado personal, quiéralo o no. Además, pensé que estábamos hablando del Islam. Resistí el impulso de volver a desviar la mirada, aunque sí me eché hacia atrás en la silla. Pensé en mi papá, en Mattie, en Elizabeth, mi novia de la universidad.

—No, realmente no.

—Eso es porque otra persona nunca puede satisfacerla. Sólo Dios puede hacerlo. Él creó así a la gente. Pero los musulmanes nunca tienen esa esperanza. No es posible tener una relación personal con Alá. A él se le adora y se le sirve a distancia, inclusive en el paraíso. Eso no satisface la necesidad más profunda del corazón de la humanidad. ¿Por qué Dios iba a crear a la humanidad con esta necesidad profunda, para luego no satisfacerla?

Fijé la vista en él durante un momento, y luego tomé mi copa y bebí un sorbo.

—Tal vez los musulmanes no tengan todas las respuestas. Pero no creo que nadie las tenga.

—No, nadie las tiene. Sólo creen que las tienen.

Su tono no era sarcástico ni arrogante, sino casi con un matiz de tristeza. Al sentirme incómodo con el silencio que siguió, eché un vistazo al río, pero en la ventana solamente vi el reflejo de mi rostro y la parte trasera de la cabeza de él.

—¿Y si ni siquiera Dios existiera? —Lo miré nuevamente—. Tal vez todo lo que existe es el mundo material.

—Entonces tienes el problema del diseño.

—¿Qué, que no hay forma de que hubiese podido ocu-
rrir accidentalmente? —Ese era un argumento muy usado
y, francamente, bueno.

—Sabes quién es Roger Penrose —dijo.

—Sí. Ayudó a desarrollar la teoría de los agujeros negros.

—¿Sabes cuántas son las probabilidades matemáticas de
que un accidente cósmico hubiese producido este orden
universal y no el caos?

Yo no había leído los cálculos de Penrose, pero había
visto comentarios similares hechos por Hawkins, Dyson y
otros. Traté de adivinar:

—¿Una en un millón?

—Una en cien mil millones, a la ciento veintitrés potencia.

—No son muy buenas probabilidades.

—Y eso es sólo el macrouniverso. No incluye la comple-
jidad del diseño de la vida biológica.

No pude rebatirle. Mientras más cosmología había estudiado, más evidente se me hacía el diseño del universo.
Pensaba que quienes promovían la idea de la creación al
azar lo hacían más por resentimiento filosófico que por
convencimiento científico.

Tomé un trozo de pan, le unté mantequilla esta vez y
tomé un bocado.

—Está bien. Estoy de acuerdo en que tiene que haber
algún ser trascendente, no sólo una existencia física. Y eres

muy bueno en eso de encontrar fallas en todas estas otras religiones. Pero me parece que todas las religiones, incluso el cristianismo, son caminos diferentes hacia el mismo sitio. Quiero decir, que todo el mundo está buscando a Dios y...

—¿Y tú?

Su pregunta me tomó por sorpresa. *¿Estoy yo buscando a Dios? Quien observara mi vida, no diría eso.* Decidí ignorar su pregunta.

—Como decía, parece que todo el mundo, a su modo, está buscando a Dios. Eso es lo que me gusta de la iglesia a la que van nuestros amigos Dave y Paula. Aceptan las creencias de todos y tratan de ayudarlos a encontrar su sendero hacia Dios.

—Esa forma de pensar tiene un problema —dijo.

—¿Cuál?

—Que no hay un sendero hacia Dios.

Eso era lo que menos yo pensaba oír.

5

La ensalada

EL MESERO SE había detenido a mi derecha con nuestras ensaladas, no sé por cuánto tiempo. Nuestra pausa le dio pie para acercarse. Tal vez evitaba interrumpir conversaciones "serias". Me imagino que esta lo era. Yo no estaba seguro de cómo me había dejado embaucar en una conversación sobre Dios, pero esta era más fascinante que los sermones sobre religiones comparadas de mi profesor de la universidad. Lo llamábamos Señor Zumbido debido a su estilo preferido de dar clases.

La ensalada de tortellini al otro lado de la mesa me recordó algo. *Ese era el plato tan sabroso que Mattie había pedido. ¡Qué caramba!* Acerqué a mí lo que había ordenado y tomé otro tenedor.

—¿Quieres un poco de tortellini? —me preguntó mi anfitrión, señalando su propia ensalada. Sin darme la oportunidad de responder, tomó mi platillo de pan vacío, echó en él con una cuchara la mitad de su porción y me lo entregó.

—Es demasiado —dije en cortés protesta.

—Este sitio sirve comida para dos comensales. Tengo suficiente.

Tenía razón acerca de las porciones, y yo no tenía intenciones de contradecirlo. Tomé el platillo y empujé a un lado mi propia ensalada.

—Gracias. —Probé un bocado—. Esto es divino.

Él también lo probó, pero no respondió. Comí unos cuantos bocados más antes de reanudar la conversación.

—¿Qué quieres decir con que no hay una forma de llegar a Dios? Toda religión asegura que enseña la forma de llegar a Dios.

—Oh, sí hay una forma de llegar a Dios —dijo—, pero no un sendero.

Yo no entendía nada. Y por la expresión de mi rostro, él probablemente lo sabía.

—Lo que quiero decir es esto: un sendero es algo por donde viajas con tu propio esfuerzo para alcanzar un destino. Pero no se llega a Dios por un sendero. No hay nada que tú puedas hacer para labrarte un camino hacia Dios. Ese sendero no existe. Es...

—Espera. De eso es de lo que se tratan todas las religiones, de intentar llegar a Dios. ¿Cómo puedes decir lo contrario?

Tomó un par de bocados antes de responder.

—¿Alguna vez te metiste en un lío cuando eras niño?

—¿Vamos a cambiar de tema?

—Regresaremos al otro.

Yo no estaba muy seguro de que quisiera seguir hablando de mí, aunque la verdad es que ese era uno de mis temas favoritos.

—No creo que este sitio se quede abierto hasta tan tarde como para poder contar todos los líos en que me he metido.

—¿Eras tan travieso? —dijo sonriendo—. Dame un ejemplo de lo peor.

Probé un poco de mi propia ensalada. Mi memoria recorrió aprisa desde cuando recibí mi primera tunda, y cuando le hacía bromas de Halloween a mi prima Ellen, hasta cuando fracasó un plan para poner una bomba de humo en el salón de descanso de los maestros de secundaria y cuando... *No tenía sentido recordar el presente.* Volví al pasado.

—Cuando yo tenía cuatro años mi madre hizo unas decoraciones de Navidad de tamborileros en miniatura. No sé para qué los usó. Bueno, cubrió los lados con papel crepé verde y rojo, y también les pegó caramelos salvavidas de menta en los lados.

Mi acompañante empezó a sonreírse, quizás adivinando cómo terminaría la cosa.

—Los guardaba en el cuarto de lavar la ropa, sobre la lavadora y la secadora. Me colé ahí y arranqué un caramelo de uno de los tamborcitos. Luego, para salir, atravesé la cocina, donde Mamá estaba. Pero a los pocos minutos regresé y dije "me olvidé de algo", mientras entraba al cuarto de lavar. Cuando traté por tercera vez, mi "me olvidé de algo otra vez", no sonó muy convincente.

Empecé a reírme un poco.

—Ella abrió la puerta y ahí estaba yo, llenándome los bolsillos con tantos caramelos como podía. Esa es la primera tunda que recuerdo. En realidad, fue mi papá quien me la dio cuando llegó a casa. Era él quien siempre me las daba. De hecho, no se enojó tanto. Pero Mamá sí, así que él tuvo que hacerlo.

Hice una pausa, absorto momentáneamente en mi infancia.

—Pero una vez Papá sí se enojó de verdad.

—Cuando...

—Cuando yo tenía nueve años. Mi hermana Chelle debe haber tenido cinco. Habíamos parado en una hamburguesería para comprar helado, y Chelle quería un gran batido de vainilla. Papá trató de convencerla de que pidiera uno pequeño, pero ella insistía en el grande. Nos entregaron nuestros pedidos, regresamos al auto, y nos fuimos. Entonces Chelle comenzó a tomar su batido. Pero estaba tan espeso que no podía usar la pajita. Así que le quitó la tapa de plástico e inclinó el batido hacia la boca. Pero el batido apenas se movía, y aunque ella seguía inclinándolo más y más, la parte de arriba no avanzaba. Entonces por fin yo dije, "¡Vamos, Chelle!", me incliné hacia ella y le di un empujón al fondo del vaso. Al hacerlo, todo el batido le bañó la cara. Cuando abrió los ojos sólo se le veían dos grandes círculos pardos que sobresalían entre el helado blanco de vainilla.

Los dos empezamos a reírnos. Yo continué.

—Parecía un fantasma. Rompí a reírme a carcajadas, ella se echó a llorar y mi papá empezó a gritar... a gritarme a mí. Nunca lo hacía, pero esta vez sí lo hizo. Dio un frenazo, salió del auto, limpió a Chelle lo mejor que pudo, luego me dobló sobre su rodilla y me dio la peor tunda de mi vida. No estaba nada contento. —Me sequé los ojos con la servilleta. Hacía años que no había pensado en eso, ni tampoco me había reído tanto en mucho tiempo—. Creo que ese fue el último batido de vainilla que vi a Chelle tomarse. Después de eso, siempre pedía de chocolate.

Ambos tomamos agua, nos miramos y nos reímos un poco más mientras regresábamos a nuestras ensaladas. Por fin, él volvió a entablar una conversación medio seria.

—Así que era tu papá el que siempre se ocupaba de las tundas.

—Sí. Mamá sólo nos gritaba. Pero Papá no nos pegaba mucho. Probablemente yo no recibí ni media docena de tundas cuando era niño.

—¿Por qué no?

—No lo sé. —Pensé en eso por un segundo—. No lo sé. Es que esa no era su manera de hacer las cosas. Por lo general, se aseguraba de que entendiéramos que lo que habíamos hecho estaba mal. Después, siempre nos hacía pedirle perdón a la otra persona. Sobre todo a Mamá.

Tomé otro bocado de tortellini. Él bebió un sorbo de vino y luego dijo:

—Parece como si tu papá tuviera mucho en común con Dios.

Aquello me hizo detener el bocado que me estaba llevando a la boca.

—¿Por qué?

—Ambos se concentraban en restaurar relaciones.

Yo no entendía totalmente la conexión.

—Quieres decir que...

—Tu papá te hizo admitir que habías lastimado a alguien y te hizo pedirle perdón. Estaba interesado en restaurar relaciones.

Me imagino que eso es cierto. Nunca lo había pensado de esa forma.

—Dios es así —continuó—. No le interesa que la gente trate de actuar debidamente para ganarse su aprobación. Él creó a las personas para que tuvieran una buena relación con él, para que disfrutaran de su amor. Pero la humanidad rechazó a Dios y rompió esa relación. Su objetivo consiste en tratar de reparar esa relación.

Hizo una pausa, tomó un bocado y entonces hizo un gesto hacia mí con su tenedor.

—Déjame preguntarte esto. Cuando Sara tenga siete años y haga algo malo, ¿cuántos platos tendrá que fregar para poder volver a sentarse en tus piernas y que tú le des un abrazo?

—Ninguno.

—¿Cuántas calificaciones de A tendrá que obtener en la escuela?

—Eso es ridículo.

—¿Por qué?

—Ella no tendrá que hacer nada de eso. Es mi hija.

—Exactamente.

Bajé la vista y, mientras pensaba en aquello, probé un poco más de mi ensalada. Por fin volví a mirarlo.

—Dices que no podemos hacer nada para ganarnos la aceptación de Dios.

Se sonrió y alcanzó la botella de vino.

—¿Un poco más?

—Sí.

Me sirvió media copa. Mi mente estaba a toda máquina debido a su última frase... o a mi interpretación de ella. Continuó.

—Los musulmanes que tratan de entrar al paraíso, ¿cuántas plegarias diarias tienen que decir para ser lo suficientemente buenos?

—No lo sé.

—Ni ellos tampoco. Ese es el problema. Nunca pueden estar seguros si han hecho lo suficiente: suficientes plegarias, ayunos, dádivas a los pobres, peregrinaciones. Nunca pueden saberlo. Pregúntales y lo admitirán. Los hindúes nunca pueden saber por cuántos cientos de vidas tienen que pasar para limpiar su karma. Los budistas nunca pueden saber cuánto esfuerzo tendrán que hacer para alcanzar el nirvana.

—Pero el cristianismo es igual —respondí—. Nadie puede saber jamás si ha sido lo suficientemente bueno como para llegar al cielo.

—Oh, la gente puede saber eso con toda seguridad. La

respuesta es que no lo han sido. Nadie es lo suficientemente bueno como para llegar al cielo. Nadie puede ser jamás lo suficientemente bueno, no importa lo mucho que lo intenten.

—Pero, ¿y toda la gente que cree que si van a la iglesia, o dan dinero o son buenas personas podrán entrar al cielo? La señora Willard, mi maestra de catecismo, estaba convencida de que esas cosas permitirían entrar al cielo.

—Estaba equivocada. No lo harán.

Esto estaba llevando mi concepto del cristianismo al extremo.

—¿Entonces, quieres decir que hacer todo lo correcto, como cumplir con los Diez Mandamientos, no te hará entrar al cielo?

—Así es.

—Si es así, ¿para qué hacerlo?

—Se gana mucho con obedecer a Dios. Pero eso no te hará entrar al cielo.

Por un momento no supe qué decir. *¿Cómo puede este tipo decir algo tan diferente de todo lo que yo había escuchado en la iglesia cuando era niño?* Tal vez se daba cuenta de la difícil situación en que me encontraba, ya que reanudó la conversación.

—Eres un aficionado de la serie *Star Trek*.

Yo no sabía de dónde había sacado la información, pero decidí dejar de preguntar.

—Me agradaba *La próxima generación*. Nunca me gustaron mucho los otros episodios que le siguieron.

—Hay un episodio en el que hablan acerca de una escisión, una desgarradura en la estructura del espacio-tiempo. Es un problema enorme. La galaxia se destruirá si no lo reparan.

—Algo me dice que no vamos a empezar a hablar de *Star Trek*.

—Tal vez no —replicó—. Pero es una excelente ilustración. Hay una estructura moral en el universo. La rebelión de la humanidad contra Dios es una tremenda desgarradura en esa estructura. Es una derrota de la manera en que Dios diseñó el funcionamiento del universo. El pecado de cada persona contribuye a destruir esa estructura moral.

Resultaba difícil negar que la humanidad está hecha un desastre. El noticiero de la noche era una prueba de ello.

—Pero, ¿quién puede decir que la humanidad no está evolucionando espiritualmente? Como dicen Dave y Paula, quizás estamos avanzando hacia una mayor armonía universal. —Tuve que admitir que yo mismo no estaba muy convencido, pero valía la pena considerarlo. Al menos por el momento.

—La forma en que la humanidad se ha alejado de Dios es mucho más profunda de lo que la gente piensa. Tan sólo mira a tu alrededor. El egoísmo, la amargura, el odio, el prejuicio, el abuso, las guerras... Todos son resultados de la rebelión de la humanidad contra Dios. ¿Crees que Dios creó a las personas para que actuaran de esta manera?

—Pero algunas de esas cosas están mejorando —interpuse con optimismo.

—¿De verdad? —dijo alzando las cejas—. ¿Cuántas personas fueron asesinadas por sus propios gobiernos en el siglo pasado?

—Oh, qué sé yo... —respondí—. Cien millones o algo así.

—¿Y cuántos fueron muertos en guerras?

—Probablemente más o menos lo mismo.

—¿En qué siglo han sido asesinadas más personas debido a sus creencias religiosas?

—Déjame adivinar. ¿En el siglo pasado?

—Correcto. ¿Y en qué siglo crees que ha habido más daño ecológico, más explotación de los pobres del mundo, más inmoralidad desenfrenada...?

—Está bien, probaste tu caso —le dije, interrumpiendo la letanía de males de la humanidad.

—Hay una desgarradura en la estructura del universo —repitió—. Dios está a un lado de la desgarradura; ustedes están en el otro. Y no hay manera alguna en que puedan repararlo. No hay manera alguna de pasar al otro lado. Tratar de ser bastante bueno es intrascendente. La humanidad rechazó a Dios, se separó a sí misma de él, y no hay nada que pueda hacer para restablecer esa relación.

—¿Por qué no?

—Porque sólo Dios es lo suficientemente grande para reparar esa desgarradura.

Tuve la sensación de que eso era lo que él iba a decir.

6

El plato fuerte

EL PROBLEMA QUE tienen sitios como Milano's es que cuando por fin llega el plato fuerte, ya estás lleno. Bueno, no lleno a reventar, pero sí en un punto donde no pensarías ordenar fantarella de ternera con vegetales a la parrilla. Por supuesto, cuando llega la ternera y pruebas el primer bocado, como por arte de magia reaparece el espacio en tu estómago.

Yo me había llenado de charlas sobre Dios hacía años, y todavía sentía que me hacía falta un buen purgante. Sin embargo, heme aquí, tras cuarenta minutos de cena, y aún no me había llenado. No estoy seguro por qué. Para ser franco, este tipo me fascinaba y me confundía al mismo tiempo. Estaba ahí sentado, un minuto antes comiéndose su salmón como si esta cena fuera la cosa más natural del mundo, y al siguiente hablando de cosas sobre Dios que yo jamás, estoy seguro, había escuchado en las lecciones de catecismo.

—¿Tienes algo sobre lo que pueda escribir? —Sacó un bolígrafo del bolsillo de la chaqueta.

Extraje mi billetera y busqué en ella.

—Realmente, no. Un par de recibos. Una tarjeta profesional.

—Eso servirá.

La volví por el lado en blanco y se la entregué. Él continuó.

—¿Quién es la mejor persona en quien puedes pensar?

—¿Qué quieres decir?

—Desde el punto de vista moral. ¿Quién es la mejor?

—No lo sé. —Pensé por un momento—. ¿Muerta o viva?

—Da lo mismo.

—La Madre Teresa, tal vez. Tenía una reputación bastante buena.

—Bien. —Trazó una línea corta en la parte superior de la tarjeta y escribió "Madre Teresa" al lado—. ¿Quién es la peor?

—Pues, Osama Bin Laden resultó ser bastante malo, pero ha habido peores. Hitler. Stalin. Pol Pot.

—Escoge uno.

—Hitler.

Trazó una línea cerca de la parte de abajo y escribió "Hitler" a su lado. Acercó la tarjeta hacia mí y me ofreció la pluma. Lo tomé.

—Ahora, la Madre Teresa está en la parte de arriba. Hitler, abajo. ¿Dónde crees que caes tú en esta escala?

El ayudante del mesero apareció por detrás de mi acompañante y le llenó el vaso de agua. Hice una pausa en la conversación mientras él daba la vuelta y llenaba el mío. Se marchó, y retomé la pregunta lanzada.

—¿Cómo puede alguien contestar eso? Si uno se pone cerca de la Madre Teresa, va a parecer un vanidoso. Si se pone cerca de Hitler... —Dejé que la frase hablara por sí sola.

—Entonces, ¿dónde crees? —me preguntó, sin conmoverse ante mi dilema.

Alcé el bolígrafo.

—Aquí. —Hice una marca por encima de la mitad, un poco más cerca de la Madre Teresa—. ¿Me gané algo?

—Nada. Pero te diré en qué lugar de la escala estás ante los ojos de Dios.

—Está bien. —Al menos eso fue lo que dije. Yo no estaba muy seguro de querer conocer mi puntuación.

—De hecho, esta tarjeta profesional no constituye toda la escala. Hitler está aquí —dijo apuntando a la parte inferior—. Tú dices que estás aquí, y la Madre Teresa está aquí. Pero para tener una idea de cuán alto es el verdadero estándar de Dios —colocó la tarjeta sobre uno de sus bordes—, imagínate que fuimos a Chicago y pusimos esta tarjeta en la base de la Torre Sears. El estándar moral de Dios está en la punta de la torre, más de cien pisos en lo alto.

—¿Estás diciendo que para Dios, la Madre Teresa y Hitler son esencialmente lo mismo?

—Oh, no. Hitler fue horriblemente malvado. La Madre Teresa hizo mucho bien. No es lo mismo. Pero lo que quiero decir es esto: la Madre Teresa, con toda su bondad, no está más cerca que Hitler de salvar el abismo que la separa de

Dios. Ambos son pecadores, y ambos, por sus propios méritos, están alejados de Dios.

Pensé en eso durante unos segundos antes de responder.

—Entonces dices que nadie puede salvar ese abismo.

—No por sus propios méritos. Nadie ni siquiera se acerca. El estándar de Dios es la perfección. Y no te conviene que sea de ninguna otra forma.

Yo seguía pensando en las implicaciones de su afirmación previa; demoré un segundo en asimilar esta nueva frase.

—Perdón. ¿Qué? ¿Qué quieres decir con que no me conviene que sea de ninguna otra forma?

—No te conviene que el universo sea regido por alguien que no es perfectamente santo y perfectamente justo.

—¿Por qué no? —*Lo menos que yo quisiera es tener que lidiar con la santidad perfecta.*

—Porque eso ofendería el sentido de justicia que te ha dado Dios. ¿Quisieras un universo donde no se castigara el delito? ¿Donde, si alguien le hiciera daño a Sara, no hubiera justicia? ¿Donde la maldad reinara sin freno? Dios tiene que castigar el pecado, porque si no lo hace permite que se destruya toda la creación. ¿Qué habría pasado si, después del Holocausto, Dios le hubiese dicho a Hitler, "Está bien, Adolfo. Todos cometemos errores. No te preocupes"?

—¡Pero no todo el mundo es Hitler!

—No, pero todo el mundo es un rebelde contra Dios. No es necesario cometer acciones espantosas. Para el universo, la rebelión de la humanidad se parece más a un cáncer que a un infarto. No son las masacres las que destruyen al mundo. Es el egoísmo, el resentimiento, la envidia, el orgullo... Todos los pecados cotidianos del corazón. Dios tiene que enfrentarse a ese cáncer.

—Pero todos hemos sentido esas cosas. Somos humanos.

—Sí.

Esperé a ver qué decía, pero él regresó a su salmón. Empecé a darme cuenta lentamente de la importancia de lo que había dicho.

—No parece correcto que Dios vea a todo de la misma forma. Algunas personas son peores que otras.

—Y Dios las juzgará apropiadamente. Pero en eso consiste todo. Todo el mundo ya está sometido al juicio de Dios, porque todo el mundo ha violado su ley moral. ¿Con qué argumento vas a pararte delante de un Dios perfectamente santo y decirle que has sido bastante bueno?

Tomé mi tenedor para pinchar otro trozo de ternera, pero volví a ponerlo sobre la mesa y tomé el vaso de agua. De pronto, la conversación me alteró.

—Tú leíste *El señor de las moscas* —prosiguió—, acerca de los niños ingleses náufragos que crearon su propia sociedad y acabaron tratándose brutalmente unos a otros.

—Sí.

—¿Por qué llegaron a aceptar como normal esa brutalidad?

—Estaban alejados de la civilización. Supongo que poco a poco fueron olvidando lo que era correcto. Al menos, lo confundieron todo.

Él asintió.

—Así fue. Carecían de una escala moral que guiara su comportamiento. La humanidad es igual. La gente se aleja de Dios, y por eso pierden el sentido de cuán aborrecible es realmente el pecado. Viven en un mundo de pecado que casi parece normal. Pero a Dios le resulta grotesco. Dios es santo y justo, en un sentido absoluto. La humanidad no tiene ningún punto de comparación para eso. Por eso es que la gente trata continuamente de reducir la santidad de Dios. De la misma forma que lo hace el Islam.

Mis oídos se animaron ante tal afirmación.

—¿Igual que el Islam? Si algo hay que los musulmanes enfatizan es la justicia de Dios y su castigo de la maldad.

—Eso es lo que ellos dicen. Pero pregúntales qué sucede el día del Juicio Final. Dicen que si has hecho bastantes buenas obras, Alá pasará por alto las malas y entrarás al paraíso.

—¿Y qué hay con eso?

—Que Alá tiene que negar la justicia perfecta para ser compasivo. No hay un castigo para las malas acciones si has hecho suficientes acciones buenas para compensarlas. Pero la verdadera justicia no funciona así, ni siquiera en la tierra. Si alguien es convicto de fraude, el juez no dice, "Bueno, él era entrenador de la Liga Infantil. Eso lo compensa". En el Islam, Alá no es perfectamente justo, porque si lo fuera la gente tendría que pagar el castigo por cada pecado, y nadie entraría al paraíso. Esa es la justicia perfecta.

Empujé los vegetales de un lado a otro en mi abandonado plato.

—Pero yo pensaba que Dios era compasivo. Tú estás dando a entender que, por hacer justicia, Dios no puede perdonar.

—Dios es compasivo. Lo que más desea Dios es perdonar, hacer que la gente vuelva a él. Lo que estoy diciendo es que el deseo de Dios de perdonar no contradice su justicia perfecta. Alguien tiene que pagar el castigo por los pecados. La justicia de Dios lo exige.

Esto me parecía una situación sin salida de la peor especie. Tomé un trozo de pan, sobre todo para tener tiempo para pensar. Él terminó con su salmón, al parecer satisfecho de permitirme formular mi próxima pregunta.

—Entonces, ¿qué es lo que tiene que suceder para que regresemos a Dios?

—Dios tenía dos opciones. Podía dejar que la gente pagara por sus propios pecados...

—Lo que traería como resultado que...

—Que la humanidad se alejaría de él para siempre.

—Esa no es una buena opción. ¿Cuál era la otra?

—Que Dios pudiera pagar él mismo el castigo.

—¿Cómo?

—Él es Dios. El Creador es más grande que su creación. Si el Creador hace recaer la pena de muerte sobre sí mismo, en vez de sobre aquellos que ha creado, satisface la justicia perfecta.

—¿Por qué haría Dios eso?

Tomó su vaso de agua.

—Déjame preguntarte algo. Imagínate que Sara tiene diecisiete años y empieza a andar con un grupo de gente mala, y se hace adicta a la heroína.

—Un poco terrible, ¿no crees?

—Digamos que es una hipótesis. Ahora bien, bajo la influencia de las drogas ella mata a alguien y la sentencian a muerte; si pudieras, ¿tomarías tú su castigo en lugar de ella?

Era una pregunta difícil. De más está decir que jamás me había cuestionado eso. Pero...

—Estoy seguro de que lo haría.

—¿Por qué?

—Porque la quiero. A ella le quedaría el resto de su vida, y a mí me gustaría darle la oportunidad de que la viviera correctamente.

Se inclinó hacia mí, empujó su plato hacia adelante y apoyó los brazos sobre la mesa.

—¿No crees que Dios te ama por lo menos tanto como tú a Sara?

Me recosté en la silla, pero mis ojos nunca se apartaron de los suyos.

—Tal vez. En realidad, no lo sé.

Él también se echó hacia atrás.

—Oí hablar de dos chicos que estaban en quinto grado. Uno de ellos obtenía las calificaciones más altas; el otro apenas lograba pasar de grado cada año. A pesar de que sus notas eran diferentes, eran los mejores amigos; lo habían sido desde el kindergarten. Cuando se estaba acercando el fin de curso, tuvieron una gran prueba de matemática. El primer chico la hizo sin problemas; el otro, que necesitaba una nota de C para pasar de grado, tuvo mucha dificultad. Al acabar la clase, el primero le preguntó al segundo que cómo le había ido. "No creo que haya aprobado", dijo. Ese día, durante el recreo, mientras todos estaban jugando afuera, el primer niño se coló en el aula, hojeó la pila de pruebas y encontró las de ellos dos. Borró su nombre de la de él y escribió ahí el de su amigo, y después escribió su nombre en la de su amigo.

Esperé un segundo, pero parecía que ya había terminado.

—¿Eso es todo?

—¿Qué más esperabas?

—Bueno, la historia no se ha terminado. Cuando la maestra regresó y calificó las pruebas debe haberse dado cuenta de lo que él hizo.

—No. La historia termina ahí. ¿Qué te dice?

—Que el primer niño estaba dispuesto a intercambiar su nota para que su amigo pudiera pasar de grado.

—Sí, y más que eso. —Se pasó la mano por la barbilla—. ¿Qué habría pasado si el segundo chico hubiera reprobado?

—Probablemente habría tenido que repetir el año.

—Y entonces...

—No hubieran podido seguir juntos en la escuela.

Se detuvo un momento y luego habló más suavemente.

—Dios anhela que estés junto a él. Por eso fue que te creó. Pero tu pecado te aleja de él. Tiene que ser así, si Dios es justo. Tienes que ser inocente ante Dios. Así que, para recuperarte, Dios se echó tu pecado sobre los hombros, y murió para pagarlo. Eso satisface su justicia. A cambio, te ofrece un veredicto de no culpable. Lo ofrece como un regalo por el que no tienes que pagar.

Yo no estaba totalmente convencido acerca de este supuesto regalo, el cual sonaba demasiado bueno para ser verdad, pero tuve que hacer la pregunta lógica.

—¿Qué hay que hacer para recibirlo?

—Sólo recibirlo. Eso es todo.

—¿No hay que hacer nada para tenerlo?

—No.

—¿Y cómo lo recibes?

—Tan sólo confía en él. En eso se basan todas las relaciones: en la confianza. Restableces tu relación con Dios confiando en que él murió para pagar por tus pecados. Cree en que él te perdonará tus pecados y te dará vida eterna. Por eso fue que murió por ti. Te quiere de nuevo a su lado. Todo lo que tienes que hacer es aceptar el regalo.

Yo quería mirar hacia otro lado, pero mis ojos parecían haberse congelado. No estaba convencido de que Dios me amase tanto, y por seguro que no sabía si yo lo quería a él. Y esta última frase me confundió.

—No lo entiendo. La Biblia dice que Jesús murió en la cruz, no Dios.

—Nick —respondió—. Yo soy Dios.

7

El postre

¿Me excusas un momento, por favor?

Me levanté y fui hacia el baño. Luego de pasar la celosía, hice una derecha y entré al baño de los hombres. Hice lo que tenía que hacer, avancé hasta el lavabo y me miré en el espejo.

¿Y ahora qué?

No todos los días sucede que alguien te diga que es Dios. Tal vez si yo trabajara en un pabellón de enfermos mentales... No lo sé.

Este tipo, o estaba loco o era un actor estupendo o...

Deseché esa posibilidad. *Pero, ¿por qué alguien iba a querer inventar todo este lío? ¿Qué sentido tenía... engatusarme para "llevarme al reino de los cielos"? ¿Quién haría eso? De acuerdo, puedo imaginarme unos cuantos evangelistas de televisión que lo harían, pero este tipo no da esa impresión. No puedo rebatir nada de lo que ha dicho. No estoy necesariamente de acuerdo con todo, pero no es absurdo. Excepto la última afirmación.*

Me eché agua en la cara, me sequé y me encaminé de nuevo a la mesa, sin saber por seguro qué hacer. Pensé hacer una derecha en la celosía e irme directamente hacia el estacionamiento, pero algo me detuvo. No podía evitar querer saber más acerca de este individuo que decía ser...

Regresé a la mesa. En el lugar de nuestros platos habían colocado los menús de los postres.

—El mesero recomendó la torta de amaretto y fresa.

Él examinó su menú. Yo lo miraba fijamente, esperando que colocara el menú sobre la mesa y me mirara. Por fin lo hizo.

—Pruébalo.

—Que pruebe...

—Que eres Dios.

—¿Qué te convencería?

Buena pregunta. ¿Qué podría alguien hacer para convencerte de eso?

—Antes ni siquiera pudiste convertir el vino en agua.

—Eso es lo que tú supones.

—¡¿Qué?! ¿Dices que podías haberlo hecho, pero decidiste no hacerlo?

—¿Y si lo hubiese convertido?

—Pues eso me habría llamado la atención.

—¿Y luego qué?

Otra buena pregunta. ¡Como si él ya no me hubiese llamado bastante la atención!

El mesero nos interrumpió para preguntarnos qué postres habíamos seleccionado. Me acerqué a la mesa y le eché una ojeada al menú. No podía concentrarme. Mi anfitrión pidió la torta.

—¿Y para usted, caballero?

—El tiramisú. —Una selección siempre confiable.

Lo observé recoger los menús y marcharse. Mi anfitrión reanudó la conversación.

—Te está resultando difícil creer que Dios se hiciera hombre.

—Bueno —dije con una risita despectiva—, ¿no te pasaría a ti?

—Tal vez. Depende de lo que yo espere de Dios.

—Yo no espero que luzca como si acabara de terminar un día de trabajo en una firma de inversiones.

Se rió suavemente.

—No, supongo que yo tampoco.

Me eché hacia atrás y crucé los brazos.

—Y, honestamente, de verdad que no creo que Dios le pida a la gente que crea ciegamente en él sin ofrecer pruebas.

—Tienes razón. No lo hace. Eso es lo que hacen las religiones del mundo.

—¿Cuál es la diferencia entre ellas y lo que tú estás diciendo?

—Alrededor de ciento ochenta grados. En este caso, Dios ofrece pruebas antes de esperar fe. Pero las religiones del mundo no tienen evidencias de lo que aseguran. Diversas formas de hinduismo cuentan con más de trescientos millones de dioses. ¿Qué prueba tienen de su existencia?

—Ninguna, que yo sepa.

Acercó a mí el dedo índice.

—Por eso es que no eres hindú. No tienes ninguna razón para creer en eso. ¿Qué evidencia pueden ofrecer los budistas de que la realidad suprema es un vacío llamado nirvana que nadie puede conocer ni entender? ¿Quién puede demostrarte que Dios realmente le habló a Mahoma? ¿O a Joseph Smith, el fundador del mormonismo? ¿O...

—Pero sucede lo mismo con Jesús. ¿Qué evidencia existe de que Jesús era Dios? —Noté que mis codos estaban ahora apoyados en la mesa.

—Bueno, ante todo, eso es exactamente lo que Dios decía que iba a pasar.

—¿Cuándo dijo eso?

Bebió un sorbo de agua antes de seguir.

—Tú has leído a algunos de los profetas.

—Nunca le he prestado mucha atención a esas cosas al estilo de Nostradamus.

Frunció el ceño.

—A los verdaderos —insistió.

De hecho, yo había leído a algunos de los profetas hebreos. Elizabeth, mi novia de la universidad, a duras penas había logrado que participara en unas reuniones de estudio de la Biblia realizadas en la residencia de estudiantes y que trataban de esos autores.

—Decían que el Mesías vendría —contesté—. No creo que jamás dijeran nada acerca de que él fuera Dios.

—En esos estudios te concentraste más en Elizabeth que en la Biblia. Te sugiero que leas a Isaías, a Daniel y a Micah.

—¿Cómo sabes...?

—Yo estaba ahí.

Lo miré fijamente durante varios segundos. Tenía su vista fija sobre mí, pero no pude entender la expresión de su rostro. No presté atención a su último comentario.

—Sé lo que escribieron. Decían que el Mesías nacería de una virgen, en Belén. Describieron su crucifixión, etcétera, etcétera.

—Un aviso bastante acertado, ¿no crees? ¿Que Micah predijera siete siglos antes la aldea donde nacería el Mesías? ¿Que David describiera en detalle la muerte por crucifixión, siglos antes de que los romanos inventaran ese método? ¿Que Daniel dijera el año de la muerte del Mesías, quinientos años antes de tiempo?

—¿De verdad? —dije realmente sorprendido—. ¿Qué año?

—Si calculamos por el calendario judío, el 33 de la era común.

Yo no sabía cómo responder. Vacié mi copa.

—En cuanto a decir que el Mesías sería Dios mismo —continuó—, los profetas dijeron que sería llamado Dios Omnipotente, Padre Eterno, que sus días serían de eternidad, que sería adorado.

Eso sí me sonaba como algo misteriosamente divino, pero yo no iba a admitirlo.

—Sin embargo, eso no significa que Jesús fuese Dios. ¿Viste esa miniserie en dos partes que hicieron sobre Jesús?

—Sé de cuál hablas.

—¿Y el programa que hizo el presentador de noticias Peter Jennings hace un tiempo sobre el Jesús histórico?

—No fue muy acertado.

—Tú dices eso, pero, ¿cómo lo sabemos? Presentaban a Jesús como alguien que nunca dijo ser el Mesías, mucho menos Dios. Decía que tenía problemas de identidad, que lo arrastraron los sucesos históricos y que lo mataron por ser una amenaza política.

Él respondió de una manera muy directa.

—Perdoné los pecados por mi propia autoridad, sané y resucité gente, ejercí poder sobre la naturaleza, dije que yo existía antes de Abraham, aseguré ser uno con el Padre, dije que era el dador de vida eterna y acepté que me adoraran. ¿Quién te parece que haya dicho eso?

—Tan sólo porque dijiste ser Dios no significa que lo seas.

—No. Pero sí significa que yo no era únicamente un maestro religioso. O dije la verdad acerca de quién soy, o mentí, o estaba loco. Esas son las únicas opciones verdaderas. Los buenos maestros religiosos no dicen ser Dios.

Miró hacia el otro lado del salón, como si no estuviera mirando nada en específico. Sacudió la cabeza casi imperceptiblemente, y luego volvió a mirarme.

—La gente distorsiona la verdad porque rechaza la prueba final que ya les he dado.

—¿Cuál es?

—Que resucité.

En ese momento el mesero, que podía haber oído fácilmente nuestras últimas palabras, llegó con los postres. Evité mirarlo mientras los servía y volvía a llenar los vasos de agua; luego se marchó. Yo hablé primero.

—Estás aquí sentado, vivo, en el otro extremo de la mesa. Si dices que una vez estuviste muerto, se me haría muy difícil probar lo contrario.

Dio un mordisco a una fresa.

—Es un buen argumento. ¿Por qué no tratamos con los hechos reales? Históricamente, ¿qué sabes de mí?

Su uso de la primera persona seguía desconcertándome, pero ese tema yo sí lo conocía. Empecé a discutirlo.

—Las informaciones históricas nos dicen que Jesús fue una persona real.

—De acuerdo.

—Sabemos que era maestro y que muchas personas lo seguían.

Asintió.

—Sabemos que los romanos lo ejecutaron —continué.

—Lo que nos lleva a ese evento en sí mismo. ¿Qué pasó entonces?

—Bueno, sus discípulos aseguraron que había resucitado, pero por supuesto que iban a decirlo.

—¿Sí? ¿Es eso lo que ellos esperaban que iba a pasar?

Revisé mentalmente mi banco de datos de la enseñanza del catecismo.

—No que yo recuerde —admití.

—A pesar del hecho de que yo les dije una y otra vez que sucedería.

—Es cierto.

—¿Lo creyeron al principio, cuando las mujeres se lo contaron?

—No.

—¿Cuándo lo creyeron?

—Según sus relatos, cuando vieron a Jesús en persona.

—Y cuando estos hombres escribieron relatos sobre mi vida, se describieron como personas que no pudieron creer de antemano, que no pudieron creer después y que sólo creyeron luego que confrontaron la evidencia cara a cara, e incluso entonces siguieron escondidos, temerosos de las autoridades. ¿Es esa la forma en la que te describirías si quisieras que la gente siguiera tu causa?

—Es posible —respondí—. *Poco probable tal vez, pero posible.*

—¿Con qué propósito? —Llevó el tenedor hasta su torta—. ¿Para que pudieran ser despojados de todas sus posesiones, perseguidos y, al final, martirizados?

—Muchísima gente ha muerto por creer en algo falso.

—Sí, por una filosofía falsa o una falsa creencia religiosa. Pero esto es diferente. Estamos hablando de personas que murieron gustosamente por su creencia en un evento histórico. Ellos estuvieron ahí. Vieron si sucedió o no. Todos dijeron que sucedió, aunque decirlo sólo les acarreara sufrimiento y muerte. La gente no muere por algo que ellos saben que es mentira, sobre todo cuando no les trae ningún beneficio.

Los debates en el bachillerato me habían enseñado algo sobre el arte de la discusión. Como cuándo desistir de un argumento perdido. Probé mi tiramisú y dediqué un momento a pensar.

—Quizás pensaron que Jesús había muerto, pero en realidad no lo había hecho.

—¿Cuán a menudo crees que los romanos bajaban de la cruz a quienes no habían muerto todavía?

—Probablemente, no muy a menudo.

—¿Quieres decir que los romanos bajaron a alguien tan mal herido que podían darlo por muerto, y luego, dos días después, mi recuperación fue tan milagrosa que los discípulos pensaron que yo era Dios mismo?

—De acuerdo, es poco probable —respondí—. Pero los discípulos sí tenían algo que ganar al decir que Jesús había resucitado.

—Continúa.

—Podían obtener una posición más alta como iniciadores de un nuevo movimiento religioso.

Su respuesta me sorprendió.

—Tienes razón. Sí lograron esa posición. —Se inclinó hacia adelante y depositó el tenedor en el plato del postre—. ¿Quieres decir que los hombres que diseminaron información sobre mí, que enseñaron a la gente a amarse los unos a los otros, que dijeron a los amos de esclavos en una sociedad brutal que trataran bien a sus esclavos, que dijeron a los esposos que amaran a sus esposas en una época en que las mujeres eran tratadas como una propiedad, que dijeron a la gente que honraran y obedecieran al gobierno que los estaba martirizando, que lanzó el mayor contingente de bondad que el mundo ha conocido, que ellos hicieron todo esto basados en algo que sabían que era falso?

—No todo ha sido bondad —repliqué—. ¿Y las Cruzadas? ¿O los juicios de brujas en Salem? ¿O la Inquisición? ¿Y qué de la guerras de religión europeas entre protestantes y católicos, o la lucha en Irlanda del Norte? Tus propios seguidores siempre están pidiéndose la cabeza entre ellos.

Su semblante cambió notablemente, y dejó escapar un audible suspiro.

—Es cierto. —Permaneció callado unos segundos, mirando la mesa—. Eso me entristece mucho.

Su cambio me hizo bajar la guardia y abandonar la posición defensiva y, francamente, también la ofensiva. Me quedé mirándolo, y luego le pregunté sinceramente:

—¿Por qué el cristianismo ha resultado ser un conjunto tan complejo?

Cruzó sus manos sobre la mesa.

—Por varias razones. La mayoría de las personas que han hecho esas cosas realmente no me conocían. Puede que hayan parecido religiosos exteriormente, pero no eran míos. En realidad, jamás confiaron en mí.

—Perdóname por decir esto, pero eso parece colocarte en una posición ligeramente ventajosa.

—No lo creas. Por encima de todo, yo deseaba tenerlos cerca de mí. Pero ellos no querían.

—Así y todo —repliqué—, no puedes decir que ningún verdadero cristiano ha perpetrado ninguna de estas acciones.

—No, no puedo. Eso es lo trágico del asunto.

—Casi parece ser la norma.

Descruzó las manos y se reclinó hacia atrás.

—No lo es. Pero ha sido demasiado frecuente.

—¿Por qué?

—Porque nunca aprendieron a vivir como las personas nuevas que eran.

—No te entiendo muy bien.

—Cuando la gente deposita su confianza en mí y recibe vida eterna, reciben más que perdón. Si no fuera así, el cielo estaría repleto de pecadores que han sido perdonados y que siguen huyéndole a Dios. Dios no permitiría eso.

—¿Y qué hace él respecto a eso?

—Hace más que perdonarlos. Los transforma por dentro. Su corazón, su espíritu humano, vuelven a crearse. En lo profundo de su ser, ya no huyen de Dios; están unidos a él. Ya no quieren desobedecer a Dios; quieren hacer lo que él dice que está bien.

—Pero no lo hacen —protesté.

—A menudo lo hacen. Pero no siempre. Un nuevo corazón te da la oportunidad de comenzar, pero luego tienes que dejarme ser tu instructor. Te enseño a vivir a partir de lo nuevo que hay en tu interior. Algunas personas no me permiten hacerlo. Prefieren hacerlo a su modo. Y por eso siguen juzgándolo todo, o son egoístas o temerosos. Así no se es feliz.

—Eso parece casi algo del movimiento de la Nueva Era, como algo que dirían Dave y Paula.

—Quizás —contestó—, pero no lo es. Dime, tú has conversado bastante con tus dos amigos. ¿Qué crees que buscan?

—Conectarse con la divinidad, supongo. Pero ellos creen que ya, en cierto sentido, son divinos. Es un poco confuso.

Él asintió al tiempo que terminaba un bocado de torta.

—¿Cómo tratan de conectarse con Dios?

—Mediante más iluminación —respondí, casi más como una pregunta que como una afirmación—. Esforzándose en dejar ir sus deseos equivocados y adoptar —mi vocabulario de la Nueva Era me estaba fallando—, adoptar algo. No estoy seguro qué.

—Están tratando de lograr mediante un gran esfuerzo lo mismo que yo les ofrezco gratis.

—¿Qué es eso?

—Cuando alguien me recibe, Dios los perdona, él los hace nuevos por dentro y —hizo una breve pausa— va a vivir en ellos.

Yo había estado comiendo mi tiramisú durante su explicación, pero esta última frase me hizo detener el siguiente bocado.

—¿Qué hace?

—Viene a vivir en ellos. Eso es lo más próximo a Dios

que puedes estar. Y a diferencia de la gente que trata de fabricar esa conexión por su propia cuenta, ésta es la conexión verdadera.

No me parecía que aquello fuera un buen negocio.

—Lo menos que necesito es que Dios me esté vigilando constantemente.

—Ya él está vigilándote constantemente. Lo que necesitas es que él viva dentro de ti constantemente.

—¿Para qué?

—Bueno, ante todo, ¿de qué otra manera vas a amar jamás a tu hija incondicionalmente, y no hablemos de Mattie? Quieres amar mejor a Mattie, pero no sabes cómo. E incluso si supieras, no tienes la habilidad de hacerlo. Sólo Dios ama de esa forma. Él quiere hacerlo a través de ti.

Tenía razón. Por mucho que yo lo intentara, las cosas no iban muy bien entre Mattie y yo. Constantemente sentía que me enojaba con ella, y ella conmigo. Temía que la parte romántica de Nick estuviera hibernando. Tomé el tenedor, tomé un pedazo de tiramisú y por fin hablé.

—Jamás había escuchado esto.

—Lo sé. Mis discípulos lo sabían y lo vivieron y lo transmitieron. Pero a lo largo del camino el mensaje se desvirtuó. Las jerarquías de la iglesia, las estructuras de poder... todas lo desplazaron. La gente quiso reducir a Dios a un conjunto de reglas. Pero él no consiste en reglas, como tampoco el matrimonio consiste en reglas.

—Entonces, ¿en qué consiste Dios?

—En unir a él a los seres. Él los creó de forma que estu-

vieran unidos a él, como el hombre y la mujer fueron creados para estar unidos. Los seres humanos fueron hechos
para que tuvieran dentro de sí la vida misma de Dios. Sin
eso, son como un todoterreno nuevo sin motor. Les falta la
parte más importante.

Me eché hacia atrás para tratar de entender lo que había
dicho.

—Si eso es en lo que consiste el cristianismo, ¿por qué
no lo dicen?

—Porque la mayoría no lo ha entendido. Aunque
algunos sí. Eso jamás ha estado oculto. Lee el último tercio
del evangelio de Juan. Todo está ahí. El señor McIntosh lo
sabía.

—Mi maestro de ciencias de séptimo grado. Siempre me
cayó bien.

—Aunque no lo creas, tú también le caías bien.

—¿A pesar de todas las veces que me envió a la oficina
del director?

Sonrió.

—Tú no le dabas otra alternativa, ¿no es cierto?

—No —sonreí también a mi vez—. Supongo que no.

Probé otro bocado del postre, lo mismo que él. Permanecimos sentados en silencio durante un par de minutos
mientras yo limpiaba mi plato. Por fin, rompí el silencio.

—Pues bien. ¿Qué rumbo tomamos ahora?

—Esa es una buena pregunta —dijo—. ¿Qué rumbo
quieres tomar tú?

Yo no lo sabía con certeza.

8

El café

¿POR QUÉ DIOS, sencillamente, no se muestra a la gente?

El mesero se había llevado nuestros platos de postre. Yo había resistido el deseo de raspar el mío con el tenedor, como casi siempre hago en casa. Esperando por el café, decidí que ésta era la ocasión ideal para obtener las respuestas al resto de mis preguntas sobre Dios y la vida. Este parecía ser un buen momento para comenzar.

Jesús se pasó la servilleta por los labios y la colocó nuevamente sobre sus piernas.

—¿Qué te gustaría que hiciera?

—No sé... aparecerte a todo el mundo, uno por uno.

Él se rió entre dientes, y al darme cuenta de cuán irónico era lo que yo dije, no pude evitar unirme a él brevemente.

—No, en serio —dije—. La mayoría de la gente no recibe una invitación para cenar.

—Yo sí me aparecí ante la humanidad. Me convertí en uno de ustedes. No hay nada más personal que eso.

—Pero eso sucedió hace dos mil años.

—No importa. La mayoría de la gente tampoco lo creyó en ese momento. Para creer, no tienes que ver con tus propios ojos.

Apoyé un codo en el espaldar de mi silla.

—Por lo menos Dios podía hacer algún tipo de señal que diera muestras de su existencia.

—También hice eso. Y seguían sin creer. Mi Padre lo hizo en el Monte Sinaí con los judíos. En menos de seis semanas ya lo habían abandonado.

El mesero llegó con nuestros pedidos de café: un capuchino para mí, un café regular para él. Le echó un poco de crema, pero no azúcar.

—No se trata de ofrecer más evidencia visual —prosiguió—. La gente ya tiene toda la evidencia que necesita. Tiene que ver con el corazón. ¿Quieren confiar en Dios y recibir humildemente el don que él ofrece, o insisten en probarse a sí mismos que son bastante buenos y hacer todo por su propia cuenta?

En cierta forma, sus afirmaciones sobre la "gente" parecían tener una aplicación muy personal. Yo quería mantener la conversación en un nivel más impersonal.

—¿Pero cómo puedes decir que la gente tiene toda la evidencia que necesita?

—Tienen la creación, que les dice que Dios existe. La humanidad conoce más que nunca lo complicado del diseño de la creación, y lo minuciosamente arreglada que está. La gente me tiene a mí para decirles cómo es Dios. Esa fue una de las razones por las que vine, para revelarles al Padre. Mi resurrección les prueba que soy Dios. La Biblia es el mensaje que Dios les envía.

Probé mi primer sorbo de capuchino, limpiándome con la lengua la espuma que tenía en los labios, al tiempo que él bebía su café.

—Mi profesor de religión decía que a lo largo de los años se cometieron tantos errores de copia, que ya no sabemos realmente qué decía la Biblia original.

Sacudió la cabeza ligeramente mientras depositaba la taza sobre la mesa.

—Él no investiga mucho, ¿verdad? Como dije anteriormente, si lo hiciera descubriría que lo cierto es todo lo contrario. Ha sido copiada con extremo cuidado. El número de sitios donde existe una duda de cierta importancia es mínimo.

Tuve que admitir que yo tampoco había investigado. Continué con firmeza.

—Pero, ¿y qué me dices de todas las contradicciones?

—¿Como cuáles?

—No sé. Como... no sé en específico. Sólo sé que se supone que haya contradicciones.

Sonrió.

—Te doy una. Una historia de los evangelios dice que devolví la vista a dos ciegos en la afueras de Jericó. Otra dice que curé sólo a uno.

—Ahí tienes.

—De acuerdo. El otro día, cuando le dijiste a Les que tú y Mattie habían ido al cine, ¿fueron solos?

—No, Jessica, la amiga de Mattie, fue con nosotros.

—¿Por qué no se lo dijiste a Les?

—No aportaba nada a la historia que yo estaba contando.

—Es cierto.

Yo esperaba más, pero él se detuvo ahí.

—¿Quieres decir que los relatos históricos de la Biblia son ciertos?

—Tus propios arqueólogos te lo dicen. Debiste haber renovado tu suscripción a *U.S. News & World Report*. Busca un artículo de portada sobre ese asunto.

—Pero yo no puedo creer que Dios realmente creó el universo en seis días, ni que la tierra tiene solamente seis mil años. Eso es ridículo.

—¿Quién te está pidiendo que lo creas?

—Todos esos fundamentalistas. Sumaron todas las genealogías del Génesis y dijeron que la tierra fue creada hace seis mil años.

Tomó otro sorbo de café.

—El Génesis presenta la historia como una secuencia fluida. Dice que Dios creó el universo de una manera ordenada, comenzando con la luz. Hizo la tierra, y luego le dio un diseño: formó los continentes a partir de los océanos, creó la vida vegetal, creó formas primitivas de vida animal, creó formas más avanzadas de vida animal, creó la humanidad a imagen y semejanza suya. Veamos, ¿hay algo en esa secuencia con lo que tus científicos no están de acuerdo?

—Bueno, no estarían de acuerdo con la parte de "a imagen y semejanza suya".

—No. Ese es su problema. No quieren reconocer que han sido creados a imagen y semejanza de Dios porque eso los haría responsables ante un Creador. Ellos no desean eso.

—Pero, ¿y qué pasa con todos los milagros? Como el derrumbe de las murallas de Jericó luego que Josué marchara alrededor de ellas durante siete días. O cuando David golpeó a Goliat en el medio de la frente. O cuando Dios dividió el Mar Rojo.

—¿Quieres decir que el Creador del universo no puede realizar milagros?

—Tú ni siquiera cambiaste mi vino en agua —dije sin poder contener una sonrisita ligeramente burlona.

Él volvió al tema de los milagros.

—Admito que David y Goliat resultarían difíciles de verificar fuera de la Biblia. Pero ya se han descubierto las ruinas de Jericó. La ciudad estaba construida tal y como la describe la Biblia.

—Estás bromeando.

—No. En cuanto al Mar Rojo, dale a tus arqueólogos un par de décadas —dijo y guiñó un ojo—. Pero ese no es el verdadero problema, ¿verdad? —Depositó su taza de café sobre la mesa y se inclinó hacia adelante—. ¿Recuerdas cómo, cuando tenías seis años, no podías creer que una bicicleta de dos ruedas pudiera mantenerse en equilibrio debajo de ti, hasta que lo intentaste y viste que sí?

—Sí.

—Nick, si abrieras la Biblia y le pidieras a Dios que te hablara, verías que lo hace.

Nos miramos a los ojos brevemente. Por fin, volví a hablar.

—No todo el mundo tiene acceso a una Biblia.

—No —reconoció—, no todos.

—¿Y qué hace Dios con esos?

—El Padre les pide a las personas que respondan a la reve-lación que les han dado. Puede que eso consista solamente en la creación y en la conciencia de las personas. Él los hace responsables de eso.

—Pero ellos nunca saben de ti.

—Si alguien está realmente dispuesto a hacer lo que Dios le pide, él se le revelará.

Dejé escapar un resoplido de incredulidad.

—Bueno, si no tienen una Biblia...

—Dios puede usar cualquier medio que desee. Por lo general, envía gente. A veces, en áreas donde los evangelios están prohibidos, como en los países islámicos, me revelo en sueños.

—Pero parece que en algunos lugares hay gente que tiene una enorme ventaja. Constantemente tienen con-tacto contigo.

—Sí, e ignoran el mensaje. Como dije, Dios se revela a quienquiera que confíe en él. Él le da su perdón a todo aquel que lo acepte.

—¿Y qué pasa con la gente que piensa que está por encima de los demás, como la señora Willard?

—Comparecerán ante Dios de acuerdo a sus propios méritos —Se llevó la taza a los labios una vez más, y luego volvió a colocarla sobre la mesa—. No te conviene estar en esa situación. Es como cuando un padre le ofrece una herencia de mil millones de dólares a su hijo, y este le dice, "No la quiero hasta que haya probado que soy digno de ella". Parece noble tratar de ser suficientemente bueno, pero, en realidad, es una arrogante terquedad. El hijo quiere la herencia según sus propias condiciones. No quiere aceptarla como un regalo. Pero Dios la ofrece solamente como un regalo. No puedes ganártela. Nadie puede.

Tomé un prolongado sorbo de mi capuchino, que se había entibiado un poco. Esta vez me limpié la espuma de los labios con la servilleta, y la coloqué sobre la mesa y no sobre las piernas. Volví a mirarlo.

—¿Existe el infierno?

—Sí —respondió tranquilamente—. Para quienes optan por permanecer alejados de Dios, sí existe. Nadie querría vivir en él.

Permanecí un momento en silencio.

—¿Cómo es?

—Si quitas de la vida todas las fuentes de bondad, ese es el infierno. Dios es la fuente de todo bien. Para quienes optan por alejarse de él, no hay bien. —Hizo una pausa—. Ni siquiera puedes comprender lo malo que sería eso.

—¿Por qué envía gente allá?

—El Padre ofrece el perdón a cualquiera que esté dispuesto a recibirlo. La gente escoge alejarse permanentemente. Él respeta lo que escogen.

—Pero, ¿por qué no hace que todo el mundo vaya al cielo? Ahí serían más felices.

—El amor no obliga a tener una relación —dijo en un tono aún más suave que antes—. Si, de alguna manera, hubieras obligado a Mattie a casarse contigo, eso no habría sido amor. Dios creó a las personas para que fueran capaces de escoger libremente. Él acepta lo que escogen.

Pensé un momento en eso. En cierta forma, no parecía correc...

—Vives en un mundo trastornado por la rebelión de la humanidad. A veces las cosas no tienen sentido. Cuando no permites que Sara juegue cerca de la calle, eso no tiene sentido para ella. Un día lo tendrá. Dios ama con un amor más grande de lo que puedes imaginar. No quiere que nadie se aleje de él. Pero algunos lo harán. Llegará el día en que eso tenga sentido.

—Esa respuesta no me parece enteramente satisfactoria.

—Lo sé —respondió—. Está bien.

Bebí de nuevo y concentré mis pensamientos.

—Supongo que dirás que el hecho de que Dios permita el sufrimiento es algo parecido.

—¿Qué crees?

—De acuerdo a lo que has dicho, la humanidad sufre debido a que se alejó de Dios.

—Sí.

—Si es así, ¿por qué no lo arregla todo, ahora mismo? ¿Por qué esperar para hacerlo en el futuro?

Bebió un poco de café.

—Eso es difícil de contestar, porque ahora no puedes ver las cosas desde la misma perspectiva de Dios. Pero el momento presente tiene un propósito. Y llegará el día en que todo se arregle.

—No parece justo que tengamos que sufrir mientras Dios lleva a cabo sus planes.

—Olvidas algo. Dios no dejó que sufrieras solo. Él sufrió más que nadie.

Bajé la vista hacia mi capuchino por unos segundos. La espuma había bajado y estaba apenas tibio. Tomé un par de sorbos, absorto en mis pensamientos. Al fin, habló.

—Sientes ira por lo de tu papá.

—Dios se lo llevó cuando yo sólo tenía dieciséis años. Yo diría que esa es razón suficiente para sentirse enojado. ¿O eso fue sólo parte del plan de Dios? —Mi voz se fue elevando, y miré alrededor para ver si alguien me había oído. *Bah, ¿qué importa?*

Me volví hacia Jesús. Él estaba sentado en silencio, su mirada fija en la mía.

—Querías mucho a tu papá.

Le eché otro vistazo a mi taza y, finalmente, hablé dirigiéndome a ella.

—Hacíamos muchas cosas juntos: íbamos de pesca, íbamos a los juegos de los Cubs, a los juegos de los Black Hawks. Él había participado en partidos de hockey semiprofesionales durante un tiempo, y sirvió de entrenador en todos mis equipos de hockey. Después que Mamá se divorció de él y nos mudamos al otro extremo de la ciudad, dejó de entrenarme... Probablemente yo hubiera podido jugar en el equipo universitario.

—Pero seguiste viéndolo.

Supuse que se trataba de una afirmación, no una pregunta. De todos modos, respondí.

—Sí. Un fin de semana sí y uno no. Pero no era igual.

—Él también te extrañaba. —Esta era indudablemente una afirmación.

Por fin levanté la vista.

—Yo lo sé.

—No sabes cuán acongojado se sentía con respecto a ti. Perderte casi lo mató.

—Bueno, de todos modos no vivió mucho más, ¿no es cierto? —Esta vez ni siquiera me molesté en ocultar mi cólera.

—No —dijo tranquilamente—. No vivió mucho más.

Bebí lo que quedaba de mi capuchino.

—Aunque no lo creas —dijo—, yo me sentía acongojado por ustedes dos.

Bajé mi taza y lo miré fijamente a través de la mesa; más que colérico, me sentía sin vida.

—Tienes razón; no lo creo.

Permanecimos en silencio.

—Entonces —dije finalmente—, nunca respondiste a mi pregunta. ¿Fueron el divorcio de mis padres y la muerte de mi papá parte del plan de Dios?

Demoró un momento en responder.

—Conoces la historia del hijo pródigo.

—Sí. —*Qué bien. Otra lección de catecismo.*

—¿Qué fue necesario para que el hijo regresara al padre, que lo amaba?

Respondí con voz monótona e indiferente.

—Que su vida se convirtiera en un desastre, que acabara en el chiquero. ¿Y qué?

—A veces... es necesario recibir golpes muy fuertes para que se sienta la necesidad de Dios.

—¿Y es ese el plan de Dios?

—Eso es lo que Dios está dispuesto a usar en un mundo quebrantado. El dolor de tu padre lo guió hacia mí. Y sin esa herida en tu corazón, Nick, tú tampoco estarías sentado aquí, hablando conmigo.

Me eché hacia atrás, crucé los brazos y suspiré.

—Quisiera poder decir que todo eso tiene sentido ahora. —Miré a un lado brevemente, y luego nuevamente hacia él—. Quisiera poder decir eso.

9

La cuenta

EL RESTAURANTE ESTABA vacío. Eché una ojeada hacia la mesa donde seis personas se habían reído toda la noche. Ya estaba puesta para el almuerzo de mañana. La pareja joven se había marchado hacía mucho tiempo. Hasta una pareja de mediana edad que estaba en la esquina y que había entrado durante nuestro plato fuerte, se había ido. *¿Habíamos estado conversando tanto tiempo?*

El sitio tenía la misteriosa quietud que viene cuando tu grupo es el último que se va de un restaurante por la noche. Podía escuchar el tintineo que hacía alguien ordenando los cubiertos. Nuestro mesero se acercó a la mesa.

—¿Otro capuchino, caballero? —me preguntó.

—No, no más.

Miró hacia Jesús.

—¿Y usted, caballero? ¿Más café?

—No, gracias. Puedes traernos la cuenta.

—Sí, señor.

Mis ojos lo siguieron mientras caminaba hacia el frente del restaurante. Al volver la vista hacia la mesa, vi a Jesús aflojando su corbata por primera vez.

—Estas cosas no me gustan —dijo.

A Dios no le gustan las corbatas. Anota esto para una futura referencia.

El mesero regresó con una carpetita de piel negra donde venía la cuenta y la colocó sobre la mesa, entre nosotros dos. Se dirigió entonces a Jesús, le extendió un pedazo de papel en blanco y un bolígrafo, y con voz susurrante dijo:

—¿Puede darme su autógrafo, señor? Por si acaso.

Jesús se sonrió y tomó el papel y el bolígrafo.

—Por supuesto. —Escribió más que su nombre (no pude ver qué) y se lo devolvió al mesero. *Me pregunto cuánto dan por eso en el sitio de subastas eBay del Internet.*

—Muchas gracias, señor.

—Gracias a ti, Eduardo —contestó.

Permanecieron mirándose fijamente con el papel entre los dos, hasta que Eduardo lo tomó, hizo una pausa y se marchó.

Por primera vez desde que la cena comenzó, observé detenidamente a mi anfitrión. Sus rasgos seguían siendo los mismos —el cabello negro, la piel olivácea, los ojos casi negros, los músculos definidos—, pero, en cierta forma, su aspecto había cambiado. Parecía más suave y, al mismo tiempo, más autoritario. Yo no estaba totalmente cómodo a su lado, pero me sentía extrañamente atraído a él.

Jesús se volvió hacia mí.

—Me gusta Eduardo. Es un hombre humilde.

Mientras más habíamos hablado, más preguntas me habían venido a la mente. ¿Cómo era el universo antes de la Gran Explosión? ¿Hay vida inteligente en otros planetas? ¿Qué les sucedió en realidad a los dinosaurios? Pero con la cuenta sobre la mesa, una pregunta eclipsó a todas las demás.

—Me has dicho una y otra vez que Dios me ofrece el regalo gratuito de la vida eterna. Entonces, ¿cómo es el cielo?

Sonrió como si yo le hubiera preguntado acerca del pueblo donde creció.

—El cielo es un lugar maravilloso. Los sentidos de la humanidad se han embotado tanto de vivir en este mundo quebrantado, que no creerías todas las vistas, los sonidos, los olores. Colores que nunca has visto. Música que nunca has escuchado. Muchísima actividad y, sin embargo, una inmensa paz. ¿Recuerdas cómo te sentiste cuando te paraste junto al Gran Cañón... demasiado impactado para poder asimilarlo todo?

—Sí.

—El cielo es así, pero infinitamente más.

—Me siento como un estúpido al preguntar esto, pero, ¿es verdad que las calles están hechas de oro?

Se rió.

—No es precisamente fácil describir el cielo. Es como

explicarle la nieve a un nativo de una tribu del Amazonas. No hay un punto de referencia para él. Lo que está escrito en la Biblia es verdad, pero de una forma mayor de la que te imaginas.

—¿Me estás diciendo que no tengo que hacer nada para llegar ahí?

—Tienes que recibir el regalo de la vida eterna —respondió—. No puedes confiar en tu propia bondad. Tienes que poner tu fe en mí. —Se volvió a un lado, tomó un trago prolongado de agua y luego depositó nuevamente el vaso sobre la mesa—. Pero estás confundiendo el cielo con la vida eterna.

Yo estaba pensando todavía en cómo luciría el cielo, por lo que no entendí por completo su última afirmación.

—¿Qué? Lo siento.

—Estás confundiendo el cielo con la vida eterna.

—Yo pensaba que eran lo mismo.

—No.

—No te comprendo.

—La vida eterna no es un lugar —respondió—. Y no consiste básicamente en una existencia prolongada. Yo soy la vida eterna. El Padre es la vida eterna.

—No sé si estoy entendiendo bien lo que dices.

—De la misma forma en que Dios es la fuente de toda la vida física, él también es la fuente de toda la vida espiritual. Piénsalo de esta forma. Dios hizo que tu cuerpo necesitara alimento, aire y agua. ¿Qué sucede cuando eliminas esas cosas?

—Mueres.

—Lo mismo se aplica a tu espíritu. Dios creó tu espíritu para que se uniera a él. Sin él, está muerto. No tiene vida. Dios es espíritu, y es vida. La única forma en que puedes tener vida eterna es teniéndolo a él.

Yo no sabía si estaba conectando todos los puntos.

—Así que dices que Dios ofrece vida eterna...

—Se te está ofreciendo él mismo. Dios viene a vivir dentro de ti para siempre. Cuando me tienes, tienes la Vida misma. Con una V mayúscula.

Me eché hacia atrás y pensé en eso por un momento.

—Entonces, ¿qué es el cielo?

—El cielo es, sencillamente, un sitio donde yo estoy.

—Pero la gente no va al cielo hasta que se muere.

—Es cierto. Pero puedes tener vida eterna desde ahora.

Debo haber tenido nuevamente una expresión confusa en el rostro.

—La vida eterna no es algo que comienza cuando mueres —prosiguió—. Es algo que comienza desde el momento en que me recibes. Cuando pones en mí tu confianza, no sólo estás ya totalmente perdonado, sino que también yo me uno a tu espíritu. Voy a vivir dentro de ti.

—¿Tú? ¿El mismo que está sentado aquí?

—El Espíritu Santo, si quieres decirlo así. Él y el Padre y yo somos uno.

—¿Sabes una cosa? Yo nunca entendí realmente eso de la Trinidad. Padre, Hijo y Espíritu Santo...

Sonrió.

—Bienvenido al grupo. No se supone que lo entiendas.

—¿Quieres decir que soy incapaz de entenderlo?

—Sí.

Yo no sabía cómo responder.

—Dios no sería un gran Dios —dijo— si tú pudieras entender por completo su naturaleza. La humanidad aún no ha comprendido la mayor parte de la creación. El Creador es mucho mayor que eso.

La importancia de lo que él había estado diciendo me fue penetrando poco a poco. No la comprendía en su totalidad, pero sí entendía su esencia. Sin embargo, no estaba seguro de cuáles eran sus implicaciones.

—Sigo sin sentirme muy cómodo con eso de que Dios venga a vivir en mí. Me gusta la parte del perdón. Pero esa otra...

—Esa es la mejor parte. Necesitas que alguien te ame y te acepte y quiera estar junto a ti, incluso cuando te sientes mal contigo mismo. Alguien que siempre estará contigo. Todo el mundo necesita eso. Dios te hizo así.

—A Sara le gusta estar junto a mí —dije, medio en broma.

—Espera a que cumpla los quince años.

Eso parecía estar tan lejos.

—Y —dijo—, para decirte la verdad, necesitas alguien que vuelva a poner de nuevo un sentido de aventura en tu vida. ¿Recuerdas al chico que se iba a montar bicicleta en el lodo de Highback Ridge?

Sentí un chispazo de energía ante la mención de ese sitio.

—Varias veces casi no hago el cuento.

—Lo sé. —Una ligera sonrisa se asomó a su rostro—. Eras muy osado.

Se inclinó hacia adelante, descansando los antebrazos sobre la mesa.

—Estás aburrido, Nick. Fuiste creado para más que esto. Te preocupa que Dios te robe la diversión, pero lo has entendido mal. Eres como un niño que no quiere ir a Disney World porque la está pasando bien haciendo pasteles de lodo en la esquina. No se da cuenta de que lo que le ofrecen es muchísimo mejor. No hay aventura semejante a unirse al Creador del universo. —Se echó hacia atrás—. Y tu primera misión sería dejar que él te guíe para que salgas del lío que tienes en el trabajo.

La expresión de mi rostro se congeló y mis ojos se quedaron clavados en los suyos. Dos meses atrás yo había descubierto que la compañía estaba falsificando información sobre los resultados de sus pruebas medioambientales. Yo no estaba involucrado en eso, pero sabía lo suficiente como para poner en peligro mi carrera si nos descubrían. *Y él lo sabe.*

—Tú quieres salirte de eso —dijo—. ¿Por qué no te vas?

—Pero no puedo renunciar. No hay ningún empleo como el mío en esta área, y Mattie me mataría si tenemos que mudarnos de nuevo. Ella acaba de volver a situar su negocio de gráficas en el mismo nivel en que estaba en Chicago.

—Tú sabes que estás engañando a Mattie y a Sara al

trabajar en Pruitt. No sólo estás arriesgando tu carrera, sino que eso también te está desgastando. No estás junto a ellas cuando te necesitan.

Lo miré fijamente al otro extremo de la mesa. Sólo hablar sobre esto me desgastaba. *Tiene razón. Pero...*

—Es que no puedo hacer eso, ahora no.

—Necesitas que alguien te dé fuerza para tomar esa decisión. Porque sí te va a salir bien. Y sé que no lo parece.

—Eso es cierto. Mattie se enfurecería. Y yo estaría enojado con ella por reaccionar de esa forma. Y luego...

Y luego las cosas irían de mal en peor a partir de ahí. Durante meses. Esta situación se iba tornando cada vez más sombría por minuto.

—¿Qué pasaría si alguien que viviera en ti pudiera amar a Mattie incluso cuando ella está molesta contigo?

Eso parece absolutamente imposible.

—No lo es con Dios —dijo.

—¿Qué?

—Imposible. Yo puedo amarla a través de ti incluso cuando te resulte más difícil. Y también en la rutina de la vida cotidiana. Ella lo necesita.

Bajé la vista para evitar su mirada. Hablar de mi lío en el trabajo era ya bastante malo; yo no estaba acostumbrado, en absoluto, a hablar de este tipo de cosas, sobre todo con otro hombre. Incluso si era Jesús.

—No creo que Dios esté precisamente muy contento conmigo. —Levanté la vista.

Él se rió, se echó hacia atrás y cruzó los dedos detrás de la cabeza.

—¿Sabes quién era una de las personas con las que más me gustaba andar cuando estuve aquí anteriormente?

Sacudí la cabeza.

—Me gustaba Nicodemo. Venía y me hacía preguntas. Mis respuestas siempre lo dejaban pasmado. Pero me gustaba ver sus ojos abiertos ante lo que hablábamos. Era un buen hombre, pero ocupaba un puesto en el consejo de regidores, y estos eran deshonestos con el pueblo.

—Parece un tipo que me caería bien —murmuré.

—Tú y él tienen en común más que el nombre. Las cosas buenas, sobre todo.

Hizo una pausa, le echó un vistazo al portacuentas y después tomó un sorbo de agua. Mientras, yo extendí la mano hacia la cuenta.

—Déjame ocuparme de esto —dije—. Te debo una.

Mi mano asió el portacuentas, pero antes de que pudiera moverla él me agarró por la muñeca. Alcé la vista hacia él.

—Nick, es un regalo.

Solté un poco el portacuentas y le miré la mano. Tanto la camisa como la manga del saco se le habían corrido ligeramente hacia arriba del brazo. Mis ojos se concentraron en la cicatriz de un pinchazo grande que tenía en la muñeca. Quedé un momento en silencio.

—Pensé que te habían atravesado las manos.

Él siguió mi mirada hacia la cicatriz.

—Eso es lo que piensa la mayoría de la gente. Metieron los clavos a través de la muñeca para aguantar el peso de mi cuerpo. El tejido de las manos se habría desgarrado si hubieran tenido que sostener todo el cuerpo.

Dejé que se ocupara de la cuenta. Sacó dos billetes del bolsillo delantero, los deslizó dentro del portacuentas y volvió a levantar la vista hacia mí.

—¿Listo?

10

A casa

PASAMOS LA CELOSÍA al caminar hacia el frente del restaurante. *Qué curioso, casi me había escapado por aquí hacía un rato. Ahora ni siquiera deseaba marcharme.* Me quedé uno o dos pasos rezagado, absorto en mis pensamientos.

¿De verdad que había acabado de cenar con...? ¿Por qué yo? ¿Hace él esto siempre? ¿Qué le voy a decir a Mattie? Cuando me levante mañana... ¿Qué hago ahora?

Levanté la vista y observé a Jesús platicando brevemente con Carlo, quien había estado barriendo el vestíbulo. Se abrazaron y luego Carlo le abrió la puerta. Lo seguí. Nos detuvimos debajo del toldo.

—Tú y Carlo actúan como si fueran viejos amigos.

—Lo somos.

—¿Cuánto tiempo hace que vienes a Milano's?

—Esta es la primera vez.

Dio un paso hacia mi auto. Atravesamos el estacionamiento en silencio. Yo debí haber adivinado qué él sabría cuál era mi auto, pero no me había acostumbrado todavía a estar junto a alguien que lo sabía todo. Nos detuvimos junto al Explorer.

—¿Cuál es tu auto? —Sentía curiosidad por saber cuál es el vehículo preferido de Dios.

—Oh, yo no conduzco.

Dejé eso ahí.

Me sentí un poco incómodo junto a mi auto. ¿Cómo le dices adiós a Jesús? Sin embargo, él no lucía intranquilo.

—Gracias por la cena —dije por fin. De pronto, recordé una pregunta anterior—: Nunca me dijiste quién envió la invitación.

Se sonrió levemente, pero no respondió.

—Supongo que fue idea tuya desde el principio.

—En realidad, fue tuya, Nick. ¿Recuerdas cuando tu papá se fue, y le pediste a Dios que viniera y te dijera por qué?

—No me acuerdo.

—Bueno, yo me acordé. He estado planeando esta cena durante largo tiempo.

Yo no sabía realmente qué decir. Con torpeza, busqué las llaves en mi bolsillo, las saqué y abrí el auto. Quería decirle cuán contento me sentía de haberme quedado, y cómo la noche había sido algo tan diferente de lo que yo había esperado. Él lo sabía, por supuesto, pero quería decírselo de todas formas. Sin embargo, todo lo que me salió fue:

—¿Vamos a reunirnos de nuevo para cenar?

Sonrió amablemente.

—Eso depende de ti.

—No sé lo que quieres decir.

—Sí, sí lo sabes. Dame la otra tarjeta profesional que tienes ahí.

Extraje mi billetera y le di la última que me quedaba. Él sacó su bolígrafo del bolsillo del saco, escribió algo en la parte de atrás de la tarjeta y luego la deslizó en el bolsillo de mi camisa.

—Ahí te dice cómo llegar a mí.

Así la manija de la puerta y la abrí.

—Mattie ya está dormida. Mejor te vas a casa.

Me quedaban aún mil preguntas. Pero él tenía razón. Subí al auto, encendí el motor y bajé la ventanilla. Quizás al verme vacilante, empezó a despedirse.

—Me alegro de que hayas venido, Nick. La pasé muy bien contigo.

—Yo también.

—Recuerda: estoy para lo que me necesites. Mattie también. Pero todavía no ha aprendido a mostrarlo muy bien. Dale tiempo. Ámala.

—Lo haré.

—Dale un beso a Sara de mi parte.

—Lo haré.

Extendí mi mano derecha hacia él. La tomó y la estrechó firmemente. No pude evitar mirar de reojo nuevamente la cicatriz que tenía en la muñeca. De mala gana retiré mi mano y puse el Explorer en marcha atrás.

—Adiós —dije.

—Hasta la próxima —contestó.

Retrocedí, y empecé a salir del estacionamiento. Mirando por el espejo retrovisor, hice un gesto de despedida con la mano. Pero se había ido.

El viaje a casa desde Milano's demora unos veinte minutos. Pareció demorar dos. Mi mente viajó mil veces más rápidamente que las ruedas. Entré al estacionamiento de la casa y apagué las luces para no despertar a nadie. Apagué el motor y, al ir a tomar el abrigo, recordé la tarjeta en la que Jesús había escrito. La saqué del bolsillo y le di vuelta. "Apocalipsis 3:20" era todo lo que decía. *Apocalipsis 3:20. ¿Un versículo de la Biblia? El libro del Apocalipsis?* Salí del auto y cerré cuidadosamente la puerta.

La casa estaba en silencio mientras yo ponía los cerrojos. Mattie había dejado una sola lámpara encendida en la sala. Al pasar por la cocina, Gretel alzó la cabeza.

—Siento que no hayas tenido tu salida esta noche, nena —susurré. Ella volvió a bajar la cabeza y siguió durmiendo. *Espero que Mattie se haya acordado de darle de comer.*

Subí la escalera en puntillas y eché un vistazo al cuarto de Sara. Estaba profundamente dormida. Caminé silenciosamente hacia la cuna y le di un beso de buenas noches. Su respiración se alteró levemente, y luego regresó a su ritmo normal. Di la vuelta y caminé por el corredor hacia nuestra habitación. *No sé en qué lío me estoy metiendo.* Estirándome hasta el otro lado de la cama, cerré una novela que Mattie estaba leyendo al quedarse dormida.

—Hola —susurré—. Ya llegué.

Mattie se despertó ligeramente, gimió un poco y luego abrió los ojos.

—Hola, mi amor —balbuceó.

—De verdad que siento lo de esta noche, Mattie...

—Lo sé. Está bien. Vamos a hablar de eso por la mañana.

—Está bien.

La besé y halé las frazadas hasta su cabeza.

—Vuelvo enseguida.

—Está bien —dijo medio aturdida, y se dio vuelta para seguir durmiendo.

Fui al estudio, donde podía desvestirme sin molestarla. En el ropero encontré una percha donde colgar los pantalones. Entonces decidí buscar otra cosa. Atravesé la habitación, cerré la puerta, regresé al ropero y, sin hacer ruido, saqué las cajas de libros para los que no teníamos espacio en nuestros estantes. Vacié tres cajas, pero nada. *Tiene que estar en algún sitio por aquí.* Cuando iba por la cuarta caja, ya el piso estaba lleno de pilas de libros. *Qué reguero estoy haciendo.* Y entonces, la encontré. Mi vieja Biblia. No la había abierto desde la universidad. *Me asombra que yo haya guardado esto.* Fui al final, donde está el Apocalipsis, y volví a mirar mi tarjeta profesional. "3:20".

Busqué el capítulo 3. El versículo 20 estaba en la página siguiente. Era una cita de Jesús:

> He aquí, yo estoy a la puerta y llamo; si
> alguno oye mi voz y abre la puerta, entraré a
> él, y cenaré con él, y él conmigo.

Acerca del autor

David Gregory es coautor de dos libros de no ficción y fre-
cuentemente ofrece conferencias. Tras una carrera de diez
años en el mundo de los negocios, volvió a la universidad
para estudiar religión y comunicaciones, materias en las
que obtuvo dos maestrías. Ha creado empresas de consul-
toría y publicaciones, y ha enseñado educación para adul-
tos durante muchos años. Vive en Texas, donde trabaja
para una organización sin fines lucrativos.